HUNA

フナ　今すぐ成功するハワイの実践プログラム

サージ・カヒリ・キング博士

阿蘇品友里 訳

青志社

訳者まえがき

古代フナとは、古代ハワイ人たちが生み出した、成功と幸せのための『七つの法則』です。本書では、著者であるキング博士が、この『七つの法則』をベースに、実践的な22のエクササイズと組み合わせ、現代人のための「現代版フナ」を生み出しました。

キング博士は、成功するための効果的な方法を求め、心理学、スピリチュアルの世界、哲学、すべての面から探求を続けてきた人物です。心理学の博士課程と7年間のアフリカのシャーマニズムの学びを経て、さらにその好奇心を満足させるべく、フナの教えを伝承するネイティブ・ハワイアンの家系であるカヒリ家の養子となりました。そこから20年間の修行の末、ついにはフナの専門家の称号「カフナ」を与えられたのです。「カフナ」の定義にはさまざまな説があり、混乱を避けるため、キング博士はこの称号を使うのをやめたそうですが、本書を読む限り、彼がフナの法則を体得し、実践と検証を繰り返し、独自のプログラムへと再生させ、それを人々に伝えることに貢献してきたのは明らかです。

フナの『七つの法則』は、次のようなものです。

《フナの『七つの法則』》
第一の法則——あなたの考えが世界をつくっている
第二の法則——限界は存在しない
第三の法則——エネルギーは意識を向けたところへと流れる
第四の法則——力は、今この瞬間に存在している
第五の法則——愛することは、幸せになること
第六の法則——すべての力は内面から生まれる
第七の法則——「効果があるかどうか」が真実を測る物差し

この『七つの法則』は、あなたが成功するための、新しい「ものの見方」です。いわば、思考の転換です。あなたの人生に起こるすべての出来事は、この法則に投げ込んでしまいさえすれば、たちまち「成功」という観点に転換させることができるのです。この「ものの見方」に万事をあてはめたうえで、実際に、具体的な行動を起こすための切り口となるのが、22のエクササイズです。エクササイズという行動を起こすことで、何かが動き、あなたの次の行動にも転換が起きるでしょう。行動の積み重ね、つまり、小さな達成感の積み重ねが、自信をもたらし、成功へとつながるのです。

本書のなかでもキング博士は言っていますが、これらのエクササイズを、あなたのやりたいときに、やりたいものを、やりたい量だけ、好きなようにアレンジをして、「あなたが一番やりやすい方法」で、楽しくやってみてください。

フナの『七つの法則』は、何一つとして欠かすことのできない重要な法則ですが、キング博士が唯一、**「フナを生んだ古代人たちの最大の発見」と言うものがあります。それは、「愛が最強で最大の力の源である」**ということです。

訳者であるわたしが今この瞬間に呼吸をし、この文章を書いているのも、読者であるあなたが今この瞬間に呼吸をし、この本を手に取っているのも、もとをたどれば、愛の力によるものです。そして、この愛の力は、わたしたちにもともと備わっているものなのです。わたしたちは全員、誰かや何かから愛され、また、誰かや何かを愛する偉大な力を生まれつき持っています。幸せになることも、成功することも、結局は、愛の力によってもたらされるのです。そして、愛を動機に、過去でも、未来でもなく、今の一瞬一瞬を最大限に生きることで、あなたも、わたしも、自分自身のたましいを満足させ、どんな夢も叶えることができるのです。

本書の始めから終わりまで、キング博士が一貫して発信しているメッセージがあります。わたしたちを力づけ、背中を押してくれるメッセージです。

「大丈夫、あなたは今すぐ行動を起こせます！　まずはエクササイズを試してみてください！」

フナ　今すぐ成功するハワイの実践プログラム　目次

5 欲しいものに焦点を合わせる　86

6 今この瞬間の力を手にする　103

9 お金との関係を変える　149

12

最強の『成功の公式』　199

1 フナとは『七つの法則』でできている

Hu'ea pau 'ia e ka wai
すべてが、急な水の流れにすくい上げられる
（すべてが明かされ、秘密はない）

海、砂浜、火山、ヤシの木、ハリケーン、心地よいそよ風……それらが人々の暮らしに影響するこの南太平洋の島々では、古来、フナが実践され、パワフルな成果がもたらされてきました。フナは、ほんとうに役に立つのでしょうか？　そもそも、フナとは何なのでしょう？　あなたにそれを知ってもらうため、まずは、ハワイの人たちがよくするように、まったく違う時代にフナを実践し、成功した男女のお話から始めましょう。

いつの時代でもフナは役立つ

今から1800年ほども前、西暦207年に、木の皮でできた真っ白なガウンをまとっ

た中年の男性がいました。彼は、海辺の溶岩の上に腰かけ、ヤシの皮で織った小さな袋から、何かを取り出すところでした。出てきたのは、魚の形に彫られた、すり減った石ころでした。彼は、それを溶岩の上に置くと、石ころに向かい、震える声で何かを叫びました。彼にしかわからない内なる衝動に従い、彼は、その石ころをいろいろな方向へ動かしました。やがて、彼は叫ぶのをやめ、体の力を抜き、石を見て微笑みました。そして、立ち上がり、後ろで息をひそめていた漁師たちに向かって叫んだのです。

「網を用意しなさい！　太陽が上空に届く午後遅くには、大漁になるぞ！」

さて、今度は2007年のことです。仕立ての良いビジネスーツに身を包んだ若い女性がいました。彼女は、これから大切な会議に出席するのです。777型ジェット機の窓側にゆったりと腰をおろした彼女は、暇つぶしにパラパラと雑誌をめくっていました。突然、彼女は何かに気がつき、雑誌を閉じました。何かが起こっています。その数分後、ジェット機は、激しい気流へと突入しました。機体が大きく揺れ、シートベルト着用のサインが点灯し、機長から「前方に大きな乱気流があります。全員着席してください」というアナウンスがありました。女性は、独りで静かに深呼吸をし、彼女の魂を窓の外へと飛ばし、そこで風に話しかけ、なだめました。すると、2分も経たないうち、機体が乱気流を抜けたのです。風を解き放った彼女は、再び雑誌を広げ、読み始めました。

この男女の間には、ほぼ2000年の時間の差があります。彼らが生きる社会の文化も極端に違います。それでも、二人には、ある共通点がありました。それは、**二人がフナの実践者であり、『七つの法則』を日常生活で使う方法を知っていたことです。**

さて、今度は、その法則がどんなものか、見ていきましょう。

フナの『七つの法則』

第一の法則——あなたの考えが世界をつくっている

先ほどの男女は、世界が彼ら自身の思考に反応すると知っていました。「あなたがどう考えているか」が、あなたの体験に正確に反映され、その体験が「現実」となるのです。フナの実践者だった二人は、それを知っていたのです。わたしたちが物理的に「現実」と呼んでいるものは、「信念」「期待」「意思」「恐れ」「感情」「欲求」から生まれています。フナの実践者は、どんな状況にあっても、第一の法則を使って、自分の現実を意のままに変えることができるのです。

「あなたが意識していても、していなくても、あなたの考えが世界をつくっている」と知ってください。**あなたがより良い人生を送りたいなら、自分の信念を良いものにする努力をしましょう。**「あなたの主観」こそが、「あなたの現実」をつくるのですから、想像上の客観的な世界の話をしても意味がないのです。すばらしいことだと思いませんか？　**あなたがうまく考えられれば、あなたの経験も良いものになるのです。**あなたが何かすてきなことを考えられれば、それがそのままあなたの人生に反映されます。わたしたちは、自分の信念通りに生きています。

第二の法則――限界は存在しない

限界も不可能も、ほんとうには存在しません。生物と無生物の間の隔たりも存在しません。古代に生きる男性は、石ころと心を通わせ、魚たちと話をしました。現代に生きる女性は、ジェット機の座席に腰をおろしたまま、風と一体化し、いとも簡単にもとの場所へ戻りましたね。途方もない自由を手に入れたいなら、**「限界がない」と信じましょう。**それによって、あなたは自分の人生の全責任をとるのです。

限界がないのですから、宇宙は無限です。宇宙は「すべて」であり、限りがないのです。

「無限の宇宙」とは、一体どういう意味でしょうか？　**あなたの求めているものは、どこにでもあって、いつでも入手可能ということです。**あなた自身にも言えることです。どんな形で現れていても、結局あなたは、自分自身に直面するしかないのです。隣人に親切にすべきなのは、その隣人があなた自身でもあるからです。

第三の法則 ――エネルギーは意識を向けたところへと流れる

それが物質かどうかに限らず、何かに意識を集中するとき、焦点を合わせるためのエネルギーが集中的に生み出されています。意識と思考は、同時に生まれます。**エネルギーが一点に集まったとき、何かが創造されるのです。**先ほどの溶岩の上に腰かけた男性は、意識を集中させて、土地の人たちのために魚の行き先を変えました。ジェット機に乗った女性は、意識を集中させて、自分とほかの乗客の心の平穏のため、乱気流を追いやりました。

エネルギーは、意識を向けたところへと流れていきます。意識していても、意識していなくても、あなたが注目したものにエネルギーが与えられるのです。病気についてくよくよと悩めば、病状はますます悪化するでしょう。でも、「わたしって何て幸せなの」と思っていれば、どんどん幸せになっていくでしょう。「わたしにはこれがない、あれがない」と思えば、ないものばかりが強調されていくでしょう。でも、「わたしは満たされている」と思えば、ますます満たされていくのです。自分の意識に注意を払えば、すばらしい天からの贈りものがあります。

このことを体現したカハナモク公爵というハワイの伝説的な人物がいます。1912年、1920年、そして1924年のオリンピックの競泳で見事な集中力を発揮し、三つの金メダルと二つの銀メダルを獲得しました。彼は、初めてサーフィンをスポーツとして世界に紹介し、水泳とサーフィンで殿堂入りを果たしました。さらには、13期連続でホノルルの保安官を務めたのです。

第四の法則――力は、今この瞬間に存在している

先ほどの男女は、力が今この瞬間にしか存在しないと知っていました。意識を集中することも大切ですが、それと同じくらい、今この瞬間をとらえることが大切なのだと知っていたのです。彼らの時間の感覚は、典型的な現代人とはまったく違っていました。**人間は、物理的に過去に戻ることも、未来に行くこともできません。だから、過去のことを後悔し、未来について不安に思うことに時間を費やすべきではないのです。今この瞬間には、力が**

あります。過去と未来をも変えてしまう力です。

それが真実なら、今のどんな瞬間も、人生を好転させるチャンスということです。過去と未来に縛られない瞬間を持つと、すぐさま変化が起きます。心と体がその瞬間をつかんだとき、あなたの心は自動的に平穏へと導かれます。おもしろいことに、心が完全に今この瞬間にあって、過去と未来への思惑《おもわく》から解き放たれていると、あなたは静かなる自信を手に入れます。**感情と緊張から自由になり、癒しが自然と加速していくのです。**過去のしがらみも未来の不安もない二人が出会うと、一瞬で親友になるのです。

第五の法則 ――愛することは、幸せになること

愛は、効果的に行動するための最も優れた手段です。これこそが、フナを生んだ古代人たちの最大の発見ではないでしょうか。「アロハ」というハワイ語を知っている人は多いと思いますが、「アロハ」とは、「愛」のことです。「誰かと幸せになること」「何かに満足すること」「幸せを分かち合うこと」という意味があります。愛は、ただの感情や行為ではなく、態度と行動で表すもの、そして変化を起こす手段なのです。**フナの観点から見ると、愛は、評価と批判をやめるにつれて増えていくスピリチュアルな力であり、世界中の**

人たちが知っている、この世で一番パワフルな原動力です。フナの実践者にとって、恵み、賛美、尊重、感謝は、愛です。別れは人の力を弱めますが、愛がわたしたちから別れを遠ざけ、わたしたちを力づけてくれるのです。古代の男性が魚と心を通わせたのも、現代の女性が風とつながったのも、愛の力によるものです。

誰かと幸せになること、何かに満足することにも、愛が必要です。実際に愛情を深めるのは、行動です。古代フナの賢人たちの興味深い発見は、**あなたが幸せを感じれば感じるほど、幸せが増えていくということです。**ですから、ずっと幸せでいるためには、自分にある幸せを、まわりの人たちにも与えることです。「アロハ」という言葉は、慈悲、思いやり、恩恵、寛容など、愛の名のもとに生まれたすべての善の概念を含んでおり、否定的な意味は一切持ちません。フナの法則は、愛から生まれたのです。あなたが「愛すること」を実践していくと、あなたのまわりのすべての人も、愛と幸福感を増していくでしょう。

第六の法則　——すべての力は内面から生まれる

先ほどの男女は、外部の力にまったく頼らず、自分の内面の力で問題を解決しようとしましたね。**彼らの力は、個人の人格や個性から生まれたのではなく、神の啓示、つまり自**

分の源から生まれました。自分を源とするエネルギーは、無限で、万物とつながっていて、本源（別の名前で呼ばれることもあるでしょう）**をつくるために絶対に必要です。**すべてのものが、同じ力の源をもっています。外側にも内側にも自分の源があり、二つは切り離せないものなので、**ただ内側に目を向けてください。**自分の内面の力は見落とされてしまいがちですが、確かにあるのです。

真の力とは、何かを力づけることで生まれます。水力発電では、落下する水の力によって、機械が動き、電力が生み出されますが、人間も同じです。力には、始まりも終わりもありません。皆が自分の持つ「ほかの人を力づける能力」に気がつき、それを意識して使えば、今よりももっとたくさんの人たちが力づけられていくでしょう。

第七の法則 ――「効果があるかどうか」が真実を測る物差し

古代のフナの実践者は、とびきり現実的になることで、このとびきり現実的な法則を生み出しました。人間はよく、「絶対的真理」を求めますが、これは大して役に立ちません。フナの実践者は、その代わりこんな問いかけをして、真実を見極めようとします。

「効果がありますか？」

フナの実践者は、ものの見方と思考パターンを自由自在に変えます。**与えられている状況のなかで一番効果のある方法を見つけて、それに修正を重ねていくのです。**先ほどの古代の男性が石ころに話しかけて答えをもらったのは、真実です。大漁になったからです。現代の女性が心の中で風を調和させ落ち着かせたのも、もちろん事実です。乱気流は収まったのですから。フナの観点から見た因果関係は、現代社会に生きる一般の人たちのものとは、まったく違うのです。

効果があるかどうかを測り、真実を見極めるためには、自分の体験を検証することが大切です。それが、より効果的な行動へと導いてくれるでしょう。わたしたち人間は、失敗にとらわれず成功を重ねることで、歩けるようになります。わたしたちの生きる社会では、試行錯誤によって何かのスキルを習得できると信じられていますが、実はそうではありません。**「考えること」と「成功したと感じること」を繰り返して習得していくのです。**「効果があるかどうか」という考え方は、「善」「正義」「適切性」という意味のハワイ語「ポノ」に由来しています。あなた自身の成功、豊かさ、健康、幸せの体験をよく検証し、真実を見極めた上で、あなたの次の行動を決めることです。

『七つの法則』がどんなものか、おわかりいただけましたね。次の章では、『七つの法則』を人生で実践していく方法をお教えしましょう。

2

実現への第一歩を踏み出す

ʻEu kōlea i kona puapua; ʻeu ke kanaka i kona hanu

チドリは尾を使って動き、人間は息をして動く

（行動する力は、あなた自身から生まれる）

力と目的

フナの法則と「個人の力」は、密接に関係しています。一番効果的な方法で、一番大きな成果を上げるため、「力」についてよく知ることが大切です。**力の本質は「影響」です。**意識していても、していなくても、影響を受け、影響を与えることで、より効果的に物事が進んでいきます。自分の果たしたいことをほかの人が手助けしてくれれば、成果が上がるのです。

個人は、自分で自分の人生を切り開き、その結果に責任をとる力を持っています。良い結果が出たときには責任をとり、良い結果が出なかったときには責任をとりたくない人た

ちがいますが、彼らは自分の人生の主導権をほかの人に委《ゆだ》ねたいのです。だから、「わたしの面倒を見てください」「わたしのせいではありません」というセリフがお決まりです。自分の人生に責任をとる人なら、代わりに「わたしが自分で生きていくのを手助けしてくれませんか」「わたしは変わると決めました」と言うでしょう。

個人の力は、単にその人自身に影響を及ぼすだけではなく、社会的、経済的にほかの人たちに影響を及ぼすことがあります。ハワイ文化に影響を与えたアメリカ人宣教師たちの例も、その一つです。ハワイの原住民を苦しめたという非難もありますが、当時、酋長や王族が独占していた読み書きの能力をすべての人に与える大きな貢献をしました。そのおかげで、一時期ハワイの人々の識字能力は世界一になり、ホノルル市だけで80を超えるハワイ語の新聞社が設立され、文章という形でハワイ文化の業績を記録することができたのです。

「目的」なしには、「力」は存在しません。 目的が大きくなるにつれ、力は強くなりますが、その逆はありません。始めに膨大な力を蓄えておいても、大きな目的を達成できるわけではないのです。**目的が、力を強めるのです。** 民のためにエネルギーと英知を尽くし、貢献する王は、民から愛され、尊敬されます。たくさんの人たちのために力が使われるのなら、その力の主は、信愛の情をもって語り継がれるでしょう。

もちろん、「自分の要求を今すぐ満たすこと」を目的にするのは、人間として自然なことでしょう。自分の癒しや満足のために行動するのは、当たり前です。買い物、ドライブ、ゲーム、恋愛することは、その典型ですが、こういった個人の欲求から来る力は、どちらかというと弱いです。でも、**誰かが力を発揮するのを手伝うことがあなたの目的なら、あなた自身の力もどんどん増していくのです。**偉大な宗教家も、政治家も、軍事指導者も、社会的・経済的にリーダーと呼ばれる人たちは誰もが、故意でも、無意識でも、この目的を持っています。

人々はよく、二つの間違った力の使い方をします。

一つは、力と「支配」や「コントロール」を結びつけることです。そのせいで、たくさんの人たちが力に恐れを抱いています。実際には、支配は影響を与えるための一つの技術にしかすぎませんし、すばらしい技術と言えたものではないです。誰かを支配し、コントロールしようとすることに成功するには、脅しや罰が必要です。すると、反応として必ず現れるのが、「恐れ」や「怒り」です。支配しようとすれば、当然、「抵抗」が生まれます。国家でも、家庭でも、支配が効果的な方法に見えるとしたら、あくまでもそう見えるだけでしょう。支配から逃れようとする「抵抗」は、潜在的に延々と続き、弊害を生むだけです。支配やコントロールについては、4章でさらにお話しするつもりです。

もう一つの間違いは、「何かに逆らう力」を使うことです。影響を与えると、変化が起き、その変化に逆らうと、宇宙が抵抗します。どんなものでも、変わろうとする力は、それに抵抗する力を引き起こすのです。大地は水と風に、電線は電力の移動に、人間は気に入らない政治改革に抵抗します。少しでも楽に変化していくには、抵抗を減らせばいいだけです。空中を素早く移動するために形を変える雨粒、どんな天候でも風をよく通すヤシの木、風の抵抗を減らす流線形の飛行機、人間が新しい環境に適応すること、すべて、抵抗を減らすための工夫がされているのです。

変化のためではなく、何かを排除するために力を使い続けるのは、人間だけでしょう。宗教や政治に抵抗する人たちは、ほかのものを破壊し、排除することで、自分たちが正しいと信じるものだけを残したいのです。競うことを嫌う人たちは、競争を排除したいのです。でも、**ほかの力を否定し、制圧し、破壊する力の使い方は、膨大なストレスを生み、自分の力をも弱めてしまうだけです。**

このように、「支配する力」と「逆らう力」を使うのは、まったく効果的ではありません。**それよりもずっと効果的なのは、「向かっていく力」を使うことです。**「向かっていく力」は創造的ですが、「支配する力」「逆らう力」は破壊的です。人間の態度と同じくらい捉えにくいものですが、その効果を見れば一目瞭然です。

たとえば、病気を治療するとき、二つのアプローチがあります。病気を「敵」と捉えるか、「体調」と捉えるかの違いです。がんのような病気を「敵」と捉えるなら、あなたは、戦いに勝つため、外科手術、放射線治療、化学療法などのタフな治療を受けるでしょう。このとき、破壊する力も抑える力もない、科学的根拠のない治療法は、よくても「不適切」、ひどいときには「でたらめ」と言われます。でも、がんを「体調」「自分の行動の影響」と捉えるなら、心と体の状態を変える治療は、どんなものでも有効と思うでしょう。

この二つのアプローチの最大の違いは何でしょう？　**病気を「敵」と考えて戦うときには、今の心・体・環境を否定し、劇的な変化を強いるので、ストレスを生み出します。一方で、「体調」と考えるときには、行動が穏やかに変化していき、癒しにたくさんの力が注がれるので、抵抗をほとんど必要としないのです。**ハワイの「癒し」は、どんなときでも、心・体・魂をくつろがせ、力づけることが目的ですから、病気と闘うことも、排除することも絶対にしないのです。

自然界にある岩、植物、動物の多くは、抵抗の一番少ない生き方をしています。しかし、人間の場合、抵抗が一番大きくなるような生き方をしている人たちがほとんどです。**抵抗の少ない道は、確かにそこにありますが、それに気づくには、あなたの態度を根本的に変えるしかありません。**

地面の下にある植物にほんとうはコンクリートの板を壊すだけの力があっても、そうは見えませんし、きっと無理でしょう。でも、**フナの第三の法則「エネルギーは意識を向けたところへと流れる」**をあてはめるならどうでしょう？　**植物のすべての意識が太陽に届くことに集中されれば、その上にあるコンクリートの存在は、植物の意識からなくなるでしょう。その愛の力が、コンクリートを簡単に砕いてしまうこともあり得るのです。**人間にも同じように言えます。**抵抗の少ない道こそが、愛の道です。自分の嫌いなことではなく、好きなことに焦点を合わせ続ければ、もっと大きな力、もっと高い成果がもたらされます。**わたしたちは、憎んでいること、恐れていることのほうではなく、最も大きな善と思うほうへ向かって思い切り意識を集中すべきです。

実践編——毎朝『七つの法則』を自分に宣言する

成功を手にするため、どうやって個人の力を使えばいいのでしょうか？　**成功とは、あなたがしたいことを、あなたが好きなやり方で達成することです。成功のための理論を持つのは大切ですが、その理論を実践することも、同じくらい大切です。**

そこで、**わたしが毎朝口に出している「宣言」を紹介します。これによって、フナの哲学を思い出し、心を解き放ち、思考をクリアにし、自分の目的を確かなものにします。**感情と気持ちを安定させ、調和させ、体をリラックスさせて、これから始まる一日のために準備を整えます。目的を達成するための準備体操として、フナの『七つの法則』を思い出すのがいいでしょう。**自分自身の先生になったつもりで行うのがポイントです。**忙しい日は簡単に済ませますが、時間があるときにはいつも丁寧にすることにしています。おまじないや歌のようにフナの言葉を繰り返したり、日記に書いたり、自分に合った好きなやり方を見つけてください。**大切なのは、一日を始める前に少しだけ時間をつくって、その日、自分がつくり出そうとしている成功のための準備をすることです。**

まずは、『七つの法則』を、あなたの人生にあてはめて考えることができるよう、よりわかりやすく説明しましょう。

1　気づきなさい。あなたの考えが世界をつくっています。あなたは成功する力を持っています。

自分に成功する力があると納得できず、能力や才能があるとも思えないのなら、始まる前から負けています。今はまだ、勝つための経験、技能、知識がなくても、それらはこれから手に入れることができます。でも、**成功する力は、自分自身の外側からは生まれないのです。それはすでにあなたの内面にあって、現れるのを待っているだけだと信じてください。そう信じられるようになるたった一つの方法は、あなたの足を引っ張る内面の声をすべて無視し、「成功する力は、自分のなかにある」とあなた自身に言い聞かせることなのです。**

2　自由になりなさい。限界はありません。自分に成功する権利を贈りなさい。

必要ない限界をつくっている人が多すぎます。過去にしたこと、しなかったことが原因で、「自分は幸せになれない」「成功するのにふさわしくない」と思っています。**過去があなたの問題になっているなら、もうそこから自分を解放し、前へ進みましょう。**自分にまきつけた鎖に永遠に縛られる必要はありません。「あなたには権利がない」「あなたにこそ権利がある」と、ほかの人は勝手なことを言うかもしれません。でも、ほかの人の意見はどうでもいいのです。**あなたが自分自身に成功する権利を贈るとき、はじめて、そしてほんとうにその権利を手にするのです。**

3 焦点を合わせなさい。エネルギーは意識を向けたところへと流れます。

成功するための意欲を高めなさい。

成功する意欲を高める秘訣があります。成功によってもたらされる恩恵に焦点を合わせ、その恩恵が自分にとってとても大切だと思うのです。

4 ここにいなさい。力は、今この瞬間にあります。

成功する意思を持って、今すぐに始めなさい。

「昨日」はなにもできないし、「明日」もなにもできません。**今この瞬間にしか、何かを**

することはできないのです。でも、「今すぐに」というのは、過去や未来にこだわって時間を過ごしている人たちにとっては、まるで異国のできごとのように感じるでしょう。「ここにいる」ことに慣れていないと、今この瞬間に集中するのは楽ではないでしょう。**そのために練習をするのです**。意識して呼吸をして、意識して色や形を見て、意識して周囲の音に耳を澄ませて、意識して目の前の物を手で触ってみるのです。そうやって意識して行動していくと、少しずつかもしれませんが、自分の選んだ方へと進んでいくようになるのです。過去や未来は、遊びに行くには興味深い場所かもしれませんが、たとえ許可されたとしても、住みたくはない場所でしょう。あなたのほんとうの家は、今ここにあります。

5　幸せになりなさい。愛は力の源です。幸せになることを楽しみ、感謝しなさい。

あなたが幸せでないのなら、幸せになりましょう。ひどいことばかり起きているとしたら、どうしたらいいのでしょうか？　わたしと何千人もの教え子に効果があった、昔から使われてきた簡単な方法は、**自分の恵まれている点を数えることです**。自ら積極的に幸運を見つけ出して、それに感謝するのです。これまで経験したいろいろな良い出来事を思い出してください。どんなに些細なことでもいいのです。これまでに学んだスキル、誰かとの会話、生活の中のどんなことでもいいです。まわりの世界の美しさ、不思議、見たり聞いたりした誰かの良い行いでもいいでしょう。そして、**良いことに気づけば気づくほど、悪いことに楽に対処できるようになるのです。**

6 自信を持ちなさい。すべての力は内面から生まれます。どんなときにも自分を信じなさい。

人がいつもあなたの望むことをしてくれると思わないことです。彼らには自分の優先事項と行動計画があって、それがあなたのものと一致することもあれば、しないこともあるでしょう。世界がいつも自分の思い通りになると思わないことです。たくさんの力と影響力が作用しているので、あなたの望んだ通りに進まないかもしれません。どんなときにでも信じられるのは、**「あなたには、自分で変えられることを変える力、修正できないときに適応する力、勉強や練習をして自分のスキルを高める力がある」ということです。**わたしがこれまで見た中で一番気に入ったポスターがあります。海の上のボートに乗っている水兵の絵に、こんな言葉が添えられていました。

「風向きを変えることはできないが、帆の向きを変えることはできる」

7 前向きになりなさい。「効果があるかどうか」が成功を測る物差しです。いつでも最高を期待しなさい。

予期せぬ不愉快な思いをしたくないので、最悪の事態に備えることばかりに力を注ぐ人たちがいます。これには、問題が二つあります。第一に、普通は、それでもどうせ不快な思いはします。第二に、がっかりするのを恐れてばかりいて、決して楽観的にならないようにしていると、すてきな驚きに出会うことがめったにありません。これには、失望についてよく見てみる必要があります。失望とは、その結果を喜ばしく思っていない状態です。失望するのを恐がってばかりいると、成功のための努力ができなくなります。「努力をして実行した計画がうまくいかなくて、後悔するのではないか」と思っているのです。悲しいことに、嫌な気分になることを恐れるあまり、いい気分になることもないのです。

でも、この論理には納得がいきません。「物事は自分の思い通りになるはずがない」と決めつけていますが、思い通りにならなかったとして、それの何が問題なのですか？　**成功したいのなら、そこから違うことを試してみればいいだけです。**わたしはよく、**「人が**

失敗するのではない。計画が失敗するのだ」と言っています。すぐにあきらめてしまうのか、それとも新しい計画を立てるのか、それを選ぶだけです。

よく言われていることで、わたしもその通りだと思うことがあります。

「準備がチャンスと出会うとき、幸運が生まれる」

成功に備えていなければ、チャンスの扉が開いたとき、それをうまく利用することはできないでしょう。確かに天災は起こります。だから、もし起こったときには、自分を信じ、精いっぱいの対処をするだけです。あなたが災害の多い地域に住んでいたり、災害と隣り合わせの仕事をしているなら、それにふさわしいあらゆる備えをしておくべきでしょう。**自分の心に決めたことを成功させたいなら、失敗ではなく、成功に備えることのほうが、はるかに大切なのです。**最高を期待することには、二つの恩恵があります。成功するためのエネルギーをたくさん注げること、そして、穏やかな心を保てることです。

《エクササイズ1》目覚めの「七つの宣言」

『七つの法則』をより理解したところで、最初のエクササイズをご紹介します。朝ベッドにいる間に、または起きて間もないうちに、自分に指示するつもりで次のような宣言してください（もちろんあなたの好きなようにアレンジしてかまいません）。一つの宣言から次の宣言に進む前に、少しの間でもいいので、自分の人生にあてはめて考える時間をとりましょう。

①気づきなさい。あなたの考えが世界をつくっています。
あなたは成功する力を持っています。

②自由になりなさい。限界はありません。自分に成功する権利を贈りなさい。

③焦点を合わせなさい。エネルギーは意識を向けたところへと流れます。

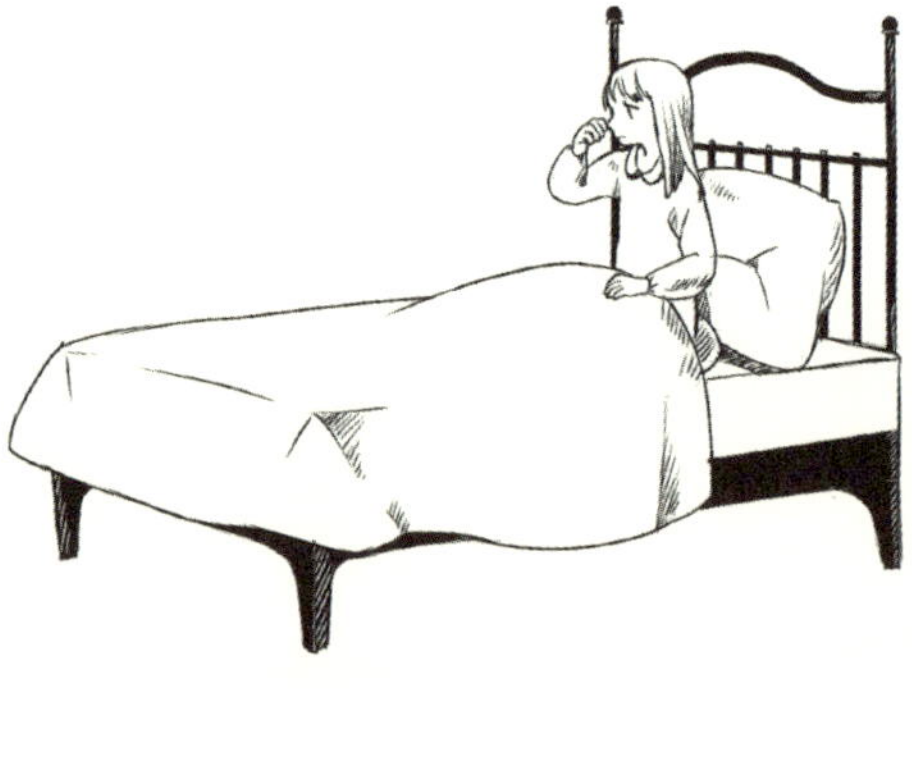

◆◆◆◆◆◆◆◆◆◆◆◆◆◆◆◆◆◆◆◆

成功するための意欲を高めなさい。

④ここにいなさい。力は、今この瞬間にあります。
成功する意志を持って、今すぐに始めなさい。

⑤幸せになりなさい。愛は力の源です。幸せになることを楽しみ、感謝しなさい。

⑥自信を持ちなさい。すべての力は内面から生まれます。
どんなときも自分を信じなさい。

⑦前向きになりなさい。「効果があるかどうか」が成功を測る物差しです。
いつでも最高を期待しなさい。

3 なりたいパーソナリティをつくる

ʻOhi ka manu o ke ao
魚を捕る鳥は、毎日捕り続ける
（継続した行動が結果を生む）

あなたは、今の自分の人生を幸せに感じていますか？　これまでに、「自分以外の誰かになりたい」と思ったことはありますか？　心配いりません、なれますから。

あなたが変わることができるのは、まぎれもない事実です。ほかの人の力によって変わる人もいれば、環境によって変わる人もいます。環境を変えるため、自分を変える決意をする人もいます。

こんなお話があります。ロノは、ハワイの歴史上の有名な酋長です。いろいろな分野で長けていたロノですが、人格に問題がありました。人の悪い噂を信じ込むと、怒りで何も見えなくなり、歯止めがきかなくなるのです。ある日、ロノは、ほかの酋長と自分の妻が不倫をしているという噂を耳にしました。すぐさまそれを信じたロノは、怒り狂い、妻を瀕死の状態にまで痛めつけます。しかし、ようやく正気に返り、自分のしたことへの深い後悔の念で気が狂いそうになるあまり、荒野へ出てさまよい続けました。一人の忠実な召使いが、彼のあとをずっとついて歩いてくれたおかげで、ようやく正気を取り戻すことができたのです。ところが、しばらくすると、今度は、その召使いの悪い噂を耳にしました。召使いが自分を陥れる計画を練っているという噂でした。それを信じ込んだロノは、召使いを家から叩き出してしまいます。我に返ったロノは、自分のしたことに再び愕然とし、ようやく、自分の考えと行いを本気で改める決意をしました。ロノは、そのあと、愛情豊かな夫に生まれ変わり、召使いを仲間のように扱い、思いやり溢《あふ》れる王であり指導者となったのです。今日までハワイで行われている平和と収穫への感謝を込めたスポーツの祭典は、ロノによって始められたと言われています。

これから、自分のパーソナリティを意識的に変えていくためのプログラムをお教えしましょう。もちろん、これは、これまで当たり前とされてきた考え方とは違います。心理学の初期の考え方では（今日でもなお、たくさんの人たちが信じているものですが）、人間のパーソナリティは、一定の年齢に達するときには決まっているとされていました。７歳で決まると言う人、５歳で決まると言う人、だいたい10代で決まると言う人もいます。いずれにしろ、人間のパーソナリティは、ある特定の年齢までに確立されて、そのあとはもう変えることができないと思われていました。

しかし、フナの考えでは、そうではありません。**わたしたちは、生きている限り、いつでもパーソナリティを思い通りに変えることができるのです。**変えることは楽ではありませんが、とてもシンプルな手順を踏みます。まずは、何があなたのパーソナリティを決めていて、どうやってそのパーソナリティを変えるのか、詳しく見てみましょう。

「パーソナリティ」とは

パーソナリティとは、あなたの思考パターンと行動パターンの集大成です。そのなかには、感情的反応、態度、習慣、好き嫌い、思いつき、スキル、才能が含まれます。多くの心理学者は、パーソナリティが人間のすべてであり、人によって異なるタイプのパーソナリティに属していると言っています。スイスの心理学者カール・ユングは、人間のパーソナリティを四つのタイプに分けています。星占いでは12個に、エニアグラムという性格論では九つに分けられています。以前には、33ものタイプに分類した哲学書を読んだことがあります。要は、論理的に聞こえる理由さえあれば、どんな方法で分類し、いくつに分類するかは自由自在なのです。ただ、すでにある分類に絶対に当てはまらない人が、必ずいます。

実際に誰かの行動と実態をただ観察してみると、一人の人間にさまざまなパーソナリティが混在しているのがわかります。人は、そのとき誰と一緒にいるか、何をしているかによって、パーソナリティを変えるのです。時間、場所、場面、状況、一緒にいる人に合わせて態度を変えるのと同じです。

たとえば、自分の親といるときには、子どもっぽい態度をとることがあるでしょう。親でなくても、自分が子どもっぽい態度をとると、欲しいものをくれる人がいるかもしれません。上司と一緒にいるときと同僚と一緒にいるときでは、違う行動をとるでしょう。わたしたちは、状況に合わせて自然とパーソナリティを変えているのに、それに気づいてさえいないのです。でも、ほかの人のことなら、わかりやすいかもしれません。あなたの友人も、彼らの親と一緒にいるときと、あなたと一緒にいるときには、少し、あるいはかなり違うことがあるでしょう。人は、親と一緒にいるとき、特定の行動パターン、習慣、態度をとり、ひとたび家から離れると、家で使うパターンを外では使わないのです。

こうして変化したパーソナリティを「サブパーソナリティ」と呼び、基本的なパーソナリティの付録とする考えもあります。いくつかある基本的なパーソナリティのなかから、メインのパーソナリティを使っている人たちもいますが、全員そうではありません。また、わたしの話は、精神的に健全であることを前提にしています。わたしの友人に、優しくて思いやりがあって、一緒にいると楽しい、愛すべき女性がいます。彼女がすてきな男性と恋に落ちたとき、わたしは喜び、二人が末永く一緒にいることを願いました。ところが、そうはなりませんでした。彼との結婚後、彼女のパーソナリティは大きく変わり、嫉妬に狂うようになり、いつも彼のことを口汚く罵り、疑い、あまりにもたくさんの要求を彼にするようになったのです。結婚前には、彼女がそんな態度をとることは一度もありませんでした。なぜだかわかりませんが、結婚をしたことによって、彼女の最悪な部分が表に出てきたのです。

パーソナリティのパターン

このようなことが起きる原因を、これまでの人生の過去の経験のせいにする人がいますが、この場合、問題はもっと単純です。彼女には、友人に対するときのパーソナリティがあって、わたしや、婚約者だったときのパートナーには、それを使っていました。でも、「夫と妻の関係」は、彼女にとってまったく別のことを意味していたのです。彼女には、幼いときに自分の家族のなかで学んだ夫婦関係のパーソナリティのパターンがあって、それは、友人に対するパターンとまったく違うものでした。問題自体はとても単純かもしれませんが、解決するには、壁があります。まず、婚約期間のあと、結婚生活へと踏み込んだとき、彼女がまったく別の期待を抱いたせいで、このようなパーソナリティが生まれてしまいました。そして、彼女がその期待をあきらめられないので、パーソナリティも変えられないのです。肉体的、感情的、精神的なパターンは、変えられるものです。でも、**この場合、彼女自身が、問題のあるパーソナリティを手放すことを拒否していて、それが壁となっているのです。**

フナの第三の法則は、「エネルギーは意識を向けたところへと流れる」です。その逆も真実です。「意識はエネルギーが流れるところへ向かう」のです。つまり、**行動を起こすたびに、行動を起こす理由に力が与えられるのです。**考えと行動は、抜け出せない円のようなものです。そして、**わたしたちには、「意識を別のほうへ向ける」と決める力があり、**

それが考えを変えてくれることもあるのです。

わたしの友人が抱えていたほんとうの問題は、彼女自身がほかのパーソナリティを受け容れようとしないことでした。ほんとうに「どうすることもできない」わけではないし、参考にできる良い夫婦関係のモデルは、いくらでもあったと思いますが、彼女にどんな理由があったとしても、**「良い例」から学ぶつもりがなかったのは明らかです。**そうして、**彼女自身の意志で不幸な結婚生活に留まっていたのです。**

あなたは「変わること」を選べる

あなたに知ってほしい現代の格言があります。

「人生を変えたいのなら、ほんとうに人生を変えなければならない」

人生を変えること、それは、あなた自身を変えることです。**あなたという人は、意識していても、無意識でも、あなたが自分でつくり上げているのです。自分の人生は、自分で変えない限りは変わりません。**生まれた場所、両親、皮膚の色、話す言語、受けてきた教育、受けなかった教育、その他いろいろなものから影響を受けていても、あなたをつくっているのは、今のあなたの考え、感情、行動なのです。あなたの内面も、世間に見せている部分も、すべてそうです。

パーソナリティとは、あなたがこれまでに身につけてきた感情と行動の積み重ねです。そのままにしておくことも、変えることも、まったく新しく創作することもできます。

意識的にパーソナリティを変える例があります。俳優は、服を着替えるかのように、役柄に合わせてパーソナリティをつくり出します。たまに、役柄になりきり、それきりそのパーソナリティで生きていく俳優もいます。たとえば、ジョン・ウェイン〔訳注：往年のアメリカ人ハリウッド俳優であり、アメリカ文化のシンボルとも言われた大スター〕です。初期のころの映画で見せた演技と、映画『駅馬車』以降の演技の変化を見ると、明白です。おそらく、『駅馬車』の役柄に合わせて、だんだんと「ジョン・ウェインらしさ」をつくり上げ、スクリーンの中でも外でも、それを演じて生きていったのです。あまりにも完璧に「ジョン・ウェイン」を演じたので、観衆は一目で彼を認識し、誰もが彼の物まねをすることができました。それくらい、ジョン・ウェインという「顔」は、確立されていたのです。

アンジェリーナ・ジョリー〔アメリカ人ハリウッド女優〕も、求めに応じて「顔」を演じ分けている女優のいい例です。出演する映画の役柄に合わせて、仕事熱心な捜査官、気性の激しい女性、かっこいい冒険家、男性を誘惑する女性のパーソナリティを見事につくりました。イベントなどで見せる自然な彼女の顔もあります。

もちろん、さまざまな顔を演じ分けることは、俳優の仕事です。でも、俳優に限らず、誰でも、偶然の環境の変化によって、意識し、意図することなく、違うパーソナリティをつくり出すことがあります。自分ではっきりと意識しないまま、物事やほかの人の意見や考え方への反応から生まれます。

パーソナリティは、普通、意識することなく生まれますが、もちろん、意識的につくり出すこともできます。知識と技術があれば、より良いパーソナリティをつくり出せるでしょう。**あなたの現在のパーソナリティは無意識のうちにつくり上げられたものですが、あなたが変えたいと思えば、意識して変えることができるのです。**

内面からの変化がまわりの変化を生む

世間にどう対処するか、自分自身についてどう考えているか、など、今あなたが持っている信念を変えるとき、あなたは同時にパーソナリティを変化させています。自分自身が変わると、あなたの経験と人生も変わるでしょう。自分自身への対処の仕方が変わると、環境も変わったようにすら感じるかもしれません。ここで、パーソナリティを変えるエクササイズをご紹介しましょう。簡単ですが、核心をついたやり方です。

◆◆◆◆◆◆◆◆◆◆◆◆◆◆◆◆◆◆

《エクササイズ2》パーソナリティを変える

今この本を読んでいるあなたのまわりの環境を見渡してみましょう。それから、次のステップを最低でも**1分間**かけて実行してみてください。

①室内にいるなら、**インテリアデザイナー**になったつもりで、屋外にいるなら、**景観デザイナー**になったつもりで考えてみましょう。あなたなら、今いる場所をどう設計し直しますか？

②**大工**になったつもりで考えてみましょう。室内にいるなら、その空間をどんなふうにリフォームするつもりですか？　屋外にいるなら、そこに何を建てたいですか？

③**不動産業者**になったつもりで考えてみましょう。顧客にその物件を勧めるなら、

どこをアピールしますか？

④**画家**になった気持ちで考えてみましょう。その場所を絵に描くとしたら、どんなふうに描きますか？

◆◆◆◆◆

このエクササイズを実践すると、いくつかの大切なことに気がつくはずです。まず、一つ一つステップを踏むうち、今いる場所の特定の部分は自分の注意を引くけれども、それ以外は、そうでもないとわかります。そして、その部分は、ステップを追うごとに変わります。第二に、それぞれのステップの特定のキーワード、それにまつわる知識・仮定・想定が、あなたの行動を導いていることです。第三に、一つのステップを長く続けると、知識も発想も豊かになっていくこと。その間、あなたのパーソナリティが変わっていくのです。

新しいパーソナリティをつくる時期が来ている？

パーソナリティは、俳優が役柄のなかに「顔」をつくるのと同じように、職業のなかの「顔」をつくります。だから、ジョン・ウェインは、タフで心の優しいカウボーイや警官の顔をつくり、アンジェリーナ・ジョリーは、感情的で気性の激しい女性やクールな冒険家の顔をつくることができたのです。パーソナリティが登場人物の性質を決めるのです。人生のすべての場面で望み通りの結果が出ているなら、あなたの人生はうまくいっているのでしょう。だとしたら、あなたが今、望んでいることは、「自分のしていることをもっとはっきりと認識したい」ということだけかもしれません。「うまくいくパターン」をつかめば、あとは、思い通りに微調整を加えるだけです。それをほかの人に教えてあげることもできるでしょう。

人生で望む結果が出ていないのなら、自分を改善する一つの方法として、新しいパーソナリティをデザインすべきでしょう。

パーソナリティをつくり出すことを考えたとき、「それは嘘ではないか？」と疑問を持つ人がいるかもしれません。「結局、俳優は誰かのふりをしているだけではないか。人生で自分以外の誰かのふりをするなんて、嘘をついているのと同じではないか？」と。当然の疑問です。でも、それは前提が間違っています。わたしが話しているのは、「嘘のパーソナリティ」のことではありません。ジョン・ウェインは、映画のなかの「顔」をつくり出し、それが大層気に入ったから、実生活でも彼の「顔」にしたのです。ジョン・ウェインという名前は実名ではなく、彼自身がつくったパーソナリティですが、世界に向けてそのパーソナリティを生きてみせたのは、ほんとうのことです。ジョン・ウェインは、嘘の存在ではないのです。

これを言うとショックを受ける人がいますが、あなたがこれまで自分のアイデンティティと信じてきた考え、感情、行動は、これと言って神聖なものではありません。もちろん、**あなたという人間は、侵されてはならない、神聖な存在です。あなたが存在している事実そのものは、変えることができないし、変えることができないから神聖なのです。**でも、あなたのこれまでの考え、感情、行動は、偶然、なんとなく自然にやってきたにすぎません（意図的に身につけたものは、もちろん別でしょう）。あなたが「変えるべきではない」と思っていることは、変えることができます。**あなたという存在を変えることはできなくても、あなたの経験を変えることはできるのです。**

『創造のテクニック』の四つのポイント

まずは、テクニックを身につける必要があります。「ハイプレ」と呼ばれる、変化をもたらすための『創造のテクニック』をお伝えします。ハワイ語辞典によると、「ハイプレ」とは「祈り」「祝福」「魔法」という意味ですが、フナでは、「人間の考え、感情、行動を整理し、確かなものにしていく過程」のことです。このテクニックは、**「人間は、自分自身を変えれば、自分の経験も変えられる」**というシンプルな考え方に基づいていて、どんなことにでも使えますが、ここでは、パーソナリティをデザインするのに使ってみましょう。

『創造のテクニック』には、次の四つのポイントがあります。

1 エネルギーを高める
2 言葉に表す
3 思い描く
4 現実化する

これから、一つ一つを詳しく知り、テクニックを実践してみましょう。

《エクササイズ3》創造のテクニック　その一
――エネルギーを高める――

　エネルギーが高まると、体の臓器に刺激を与え、筋肉を強くし、細胞に栄養を行き渡らせ、穏やかでありながらわくわくした気持ちになり、心がすっきりとします。一般的な方法で言うと、呼吸をすること、水を飲むこと、食事をとること、運動をすることなどです。深呼吸をしてみると、この効果をすぐに実感できます。注意深く続けてみると、エネルギーが高まっていくのを感じるはずです。**1分間**、次のエクササイズをやってみましょう。

①今いる場所で、エネルギーが満ち溢《あふ》れていると思えるものを見つけます。打ち寄せる波を見る、波の音に耳を澄ませる、風を感じる、エネルギー溢れる音楽を聴く、スポーツを観戦する、トランポリンをやってみる、強い波動を感じるものに触れる、何でもかまいません。エネルギーを感じる絵や映像を見てもいいでしょう。

②エネルギーを感じるものに注意を向けたまま、そこからエネルギーを吸いとるつも

りで、**5～10秒**かけて深く息を吸い込みます。

③取り込んだエネルギーが、自分の体内のどこか（脳、心臓、丹田《たんでん》、背骨、どこでもいいです）に届き、そのエネルギーを吸収するのを想像しながら、**5～10秒**かけて息を吐き出します。

◆◆◆◆◆◆◆◆◆◆◆◆◆◆◆◆◆◆◆◆◆◆◆◆◆◆◆◆

《エクササイズ4》創造のテクニック　その二
――言葉に表す――

言葉は、何かに意識を向けるのを助けてくれます。もちろん、言葉だけでは、ほとんど力を持ちませんが、意識を向ける方向を決め、修正するときには、威力を発揮します。**フナの第三の法則の通り、エネルギーは意識を向けたところへと流れますが、意識を向けるのを助ける大事な役割を果たすのが、言葉です。**言葉に出すと、意識が何かを連想し、連想が記憶を引き出し、行動に影響を与えるのです。**1分間**、次のエクササイズをしてみましょう。

①これから自分がつくろうとしているパーソナリティを称賛します。**「大好きです」「最高です」「すばらしい」**などと言えるでしょう。

②すでに自分にあるパーソナリティ、これから手に入れようとしているパーソナリティ、自分に値するパーソナリティ、欲しいパーソナリティを宣言します。

③これから実現したいことを指示します。たとえば、**「○○をもたらしなさい」「○○をつくりなさい」「○○をしなさい」**など。誰に指示しているのか、誰がそれを実現してくれるのか、ということは気にしなくていいです。実際、それはあなた自身にほかならないからです。

◆◆◆◆◆◆◆◆◆◆◆◆◆◆◆◆◆◆◆◆◆◆◆◆◆◆◆

《エクササイズ5》創造のテクニック　その三
——思い描く——

「想像力とは、視覚化することだけだ」と思う人たちがいますが、そうではありません。想像力は五感によってもたらされます。視覚、聴覚、嗅覚、味覚、触覚をすべて使い、何かを想像することができます。圧迫感、熱さ、冷たさ、ざらざらした感じ、なめらかな感じ、ひりひりする感じ……何かを感じると、想像力が働きます。あなたが経験できるものは、すべて想像できるものなのです。**よくよく集中し、ほんものの経験と同じくらい鮮明に想像できると、潜在意識**［意識のなかで、わたしたちが意識していない、あるいは意識できない部分。「無意識」とも呼ばれる］**が、その想像を受け容れるのです。**創造のテクニックを使えば、確約はできませんが、自分の想像通りのものが手に入る可能性が大きく高まります。それぞれのステップに**1分間**ずつかけて、次のエクササイズをやってみましょう。

◆◆◆◆◆◆◆◆◆◆◆◆◆◆◆◆◆◆◆◆◆◆◆◆◆◆

①**予定を立てる**――五感すべてを使い、自分の望むことを想像します。これからの生き方、手に入れたいものなど、できるだけ具体的に予定を立ててみましょう。

②**記憶する**――五感すべてを使い、先ほど想像した内容をできるかぎり記憶します。

③**空想する**――五感すべてを使い、自分の望むパーソナリティ、あるいは、それを象徴することを空想します。できるだけ具体的に、思いつくままに、感じるままに、ぶっとんでいても非現実的でもいいですから、想像力を最大限に働かせましょう。

《エクササイズ6》創造のテクニック　その四
――現実化する――

あなたがつくり出そうとしているパーソナリティ、もしくは、それを象徴していることが想像できたら、今度は、物質的な面から行動をとります。たとえば、もっと社交的なパーソナリティをつくりたいなら、そのイメージに合った洋服を買い、身に着けます。楽しく、元気なパーソナリティをつくりたいなら、パーティーのときの楽しそうな写真をアルバムにまとめ、写真に自分の名前を書き込みます。「パーソナリティを象徴していること」を実現する場合には、ここで現実の行動に置きかえてください。

◆◆◆◆◆◆◆◆◆◆◆◆◆◆◆◆◆

さて、『創造のテクニック』のポイントとやり方がわかりましたね。今度は、このテクニックを使って、パーソナリティをデザインする方法をお教えしましょう。

フナの第二の法則によると、限界は存在しません。1自分の体　2自分の感情　3自分の精神をデザインする可能性は、無限です。一つずつ見ていきます。

1 自分の体をデザインする

「自分の体」とは、健康状態、エネルギー、身体機能の状態、外見のことです。『創造のテクニック』を使えば、自分自身の体をデザインすることも、デザインし直すこともできます。

ずっと前、わたしは、たくさんの参加者と生活を共にし、分かち合いをするワークショップに参加したことがありました。簡単な呼吸法、リラクゼーションのエクササイズ、批判するのをやめることを学び、前向きな感情のエネルギーを高めることができました。二日目のワークショップの最中、指導者が、長いブロンドの髪を持つ十代後半の若い女性を前に呼びました。前に立ったこの女性は、「わたしは、自分の顔を醜いと思っています」と言いました。彼女は醜くはありませんでしたが、確かに目鼻立ちがはっきりした顔ではありませんでした。指導者は、「『わたしは美しい』と言葉にしてください」と言いましたが、当然それはとても難しいことでした。彼女は顔を赤くして、ようやくその言葉をしぼり出しましたが、さらにそれを繰り返すよう促されました。あとから指導者が言うには、彼女の思い込みと抵抗を手放すための練習だったのです。

「わたしは美しい」

そう彼女が言い続けるうち、会場の誰かがはっと息を飲みました。いつの間にかすっきりと姿勢を伸ばし、その顔はみるみるうちに輝きを増し、まさに「美しく」なっていたのです。

この女性のなかで、大きな転換が起きました。まるで波に洗われたかのように、別の顔が現れ、ほんとうに美しく変貌したのです。ほかの参加者たちは、「なぜ、さっきまでは、この美しさに気がつかなかったのかしら」と口々に言いました。それは、彼女がわたしたちに与えたイメージによる影響だったのです。彼女が、「自分は醜い」と思っていたことが、まわりの人間にも影響を及ぼしていたのです。「わたしは美しい」という言葉をただ口に出すだけで、彼女の潜在意識に影響を与え、ほかの人の潜在意識にも影響を与えたのです。「テレパシー」「感情的な反応」……どう考えてもいいでしょう。**まわりの人があなたをどう見るかというのは、実際の外見よりも、「あなた自身が自分をどう見ているかに影響を受けるのです。**そこが大切です。**あなたが本心で「わたしは美しい」と信じられたとき、まわりの人たちもそう感じるのです。**「真実はどうか」なんてことは、どうでもいいのです。先ほどの女性は、そのあとのワークショップの間ずっと、魅力をふりまいていました。

この女性のパーソナリティの転換を、『創造のテクニック』の四つのポイントから見てみましょう。

①エネルギーを高める——女性には、前向きな感情のエネルギーと「変わりたい」と思う気持ちがありました。だから彼女はワークショップに参加していたのです。

②言葉に表す——初めのうち、「わたしは美しい」という言葉は、彼女にとって、にわかに信じられないものでした。でも、繰り返し言葉にするうち、無意識に「抵抗」を手放しました。

③思い描く——「わたしは美しい」と言葉にするにつれ、彼女の記憶にある美しい女性の姿が呼び起こされました。

④現実化する——ほかの参加者の前で「わたしは美しい」と言い続け、ほかの人がそれに反応したことが、彼女が自分自身を認める力を強めました。

これらの行為は、女性自身の意思でしたことではありませんでしたが、『創造のテクニック』の四つのポイントすべてを満たしていました。**人は、無意識にできることは、意識すればできるのです。**

2 自分の感情をデザインする

人間は感情の生き物です。感情と一体化していると、その習慣を変えるのはとても難しいのです。**「すぐに怒る」「心配性だ」「躁うつ病だ」などと、他人や自分自身を決めつけてしまうと、そこから変わることが難しくなるだけです。**

わたしたちが決めつけ、問題と思っているパーソナリティは、ほんとうはただの「行動パターン」でしかないのです。それなりに時間はかかりますが、意識的に『創造のテクニック』を使えば、感情的な習慣を変えることができます。

まずは、今、自分にどんな感情のパターンがあって、これからどんな感情のパターンを創造したいのか、明確にすることから始めましょう。わたしには、10代のころから、「自信がない」「自分はできない」という感情のパターンがありました。父の死をきっかけに、それが深刻化し、うまく取り繕っていても、内心ではいつも怯え、自尊心が傷つく可能性のある挑戦を避けていました。そのせいで高校時代は、ひたすらビリヤードに明け暮れ、学校の成績のほうは、615人中614番目で卒業するといった具合でした（ビリになろうと頑張ったのに、それすらも達成できなかったのです）。高等教育を受ける意思はあったので、なんとか大学へ進学しましたが、今度は卓球にのめり込み、1年目にして見事に留年するありさまでした。そうしてどん底を味わい、ようやく何かを変えねばならない状況に追い込まれました。わたしは、まったく新しいパーソナリティをつくりたいと思いましたが、自分一人の力では無理だと思ったので、アメリカ海兵隊へ入隊しました。それからは、まさに『創造のテクニック』を実践した3年間でした。このテクニックのやり方をあらかじめ知っていたら、3年間もかからずに済んだでしょう（というか、そもそも、海兵隊に入隊する必要もなかったはずです）。

わたしは、ついに変わることができました。**ほぼ毎日、自分を褒めて、肯定して、方向性を定める言葉を声に出して言うことが、やるべきことをやるのを助けてくれました。**『創造のテクニック』の『言葉で表す』テクニックにあたります。変わることへの強い願望、実際の海兵隊の訓練は、『エネルギーを高める』テクニックでした。『思い描く』はどうでしょう。**かつて観た映画の登場人物に、自分の求めているキャラクター、つまりパーソナリティを見出し、自信に満ちて家に帰る自分の姿を思い描き、どう行動すべきかを慎**

重に計画しました。日々、体を鍛え、対人関係や責任感を高める訓練をしたことは、『現実化する』テクニックにあたります。やがて、海兵隊を除隊し、家に戻ったとき、わたしは名前こそ変わっていませんでしたが、別人になっていました。

あなたも、自分の感情をつくり直すことができます。**エクササイズをして、エネルギーを高め、自分の進歩を褒めたたえ、問題に直面したときのことを想像し、思うがままに行動してみてください。**

3 自分の精神をデザインする

人間は、自分の精神を高める願望を持っていますが、「感情や肉体とは違い、精神は簡単に変えるべきではない」という考えが浸透しています。たいていの人は、新しいことや新しい考えを、今の自分の妨げにならない程度に学ぼうとします。ルネ・デカルトが言う「わたしは考える。ゆえにわたしがいる」ではなくて、「わたしが考えることが、わたしを決める」と思っていて、自分の考えを変えることに抵抗があるのです。自分自身のことを、宗教で言うところの「聖地」のように思っている人たちがたくさんいます。「変わりたい」と願っている人が変わるのを助けようとすると、次のような言葉が返ってきます。

「ああ、そんなふうには考えられないです。それは、わたしらしくないから」

実は、体・感情・魂と比べると、精神には一番柔軟性があります。なぜなら、「想像力」が精神の源だからです。**集中して想像力を使うと、精神が向上します。物事をより多く、より早く学ぶ能力が向上し、さまざまなものの見方を正しく評価できるようになります。さらに、ほかの人の反応にいち早く気づき、効果的な対応をし、予期せぬ状況に対応する方法を知るのです。**

わたしは以前、速読のテクニックを学んだことがあります。それまで、自分にしなやかな心があること、自分が想像力に富んでいることを誇りに思っていましたが、この速読テクニックを習ったとき、そういうものが蹴破られ、もっと広い世界を知ったのです。わたしはそのコースを受ける前から、父からさまざまな速読テクニックを習っていたので、平均以上のスピードで文章を読めました。大学生がフィクションや専門書以外の文章を読むスピードは、1分間に平均250語から300語、早い人で500語から700語と言われていますが、わたしの場合は、800語でした。

自分にはもう必要がないと思っていた速読コースを受けると決めたのは、「1分間に2万語が読めるようになる」という驚異的なうたい文句のせいでした！　ほかの人と同じように、わたしもまた、「そんなに速く読めるようになるわけがない」と言って笑い飛ばしました。それでも、わたしを含めた物好きな人たちは、法外に思えるような受講料を払ってでも、ほんとうにそうなるのか見てみたい一心でコースに申し込んだのです。

受講中、リラックスすることが何よりも大切であると習いました。速読で一番大切なのは、「人間は、常識的に考えられる速度よりも速く読むことができる」と想像することでした。内容を理解することにこだわらず、本を逆さまにして読み、後ろから読み、すべて吸収していると想像をしながらひたすらページを早くめくりました。最終テストは、古典小説をものすごいスピードで読み、そのあと、理解度を確認する筆記試験を受けるというものでした。わたしの記録した速読スピードは、1分間に1万2000語に達し、一緒に受けていた12歳の少女とともに、理解度では100パーセントに近い結果を出しましたが、不思議なことに、テストで何かを「読んだ」記憶がなかったのです。そのコースで学んだ大切なことは、**「自分を信じること」**でした。

さて、そのコースでは、いまだ1分間で2万語の内容を理解しながら読む人は現れていません。数カ月の練習を重ねた人でさえ、5000語に達するのは滅多にできることではないのです。わたしは現在、集中をすれば、1分間に2000から3000語のスピードで読み、完全に理解できるのが当たり前になりました。この速読コースでつかんだ大きな学びは、**短時間で集中的に精神力を高めれば、そのあとは、頑張らなくても、楽にそれを維持できるということです。**限界まで自分の頭を広げ、自分の精神を変えてみましょう。それこそがパーソナリティをデザインするときに欠かせないことなのです。わたしは、この速読訓練で、創造のテクニックの四つの要素——エネルギー、言葉、想像、行動——すべてを経験しました。これらの要素については、このあとの章でも繰り返し触れていきます。

自分の体、感情、精神をデザインしたあとは、「愛」を加えて、それらを調和させましょう。**エネルギー、言葉、想像、自分をデザインするための行動、そしてアロハ（愛）をすべて融合させれば、あなたは自分の新しいパーソナリティをつくり出すことができるのです。**

4

エネルギーを解き放つ重要な意味

No'ono'o ke ali'i, ehu ka ukali

考えがリーダーとなり、人を行動へと導く

「マナ」とは、「個人の力」を意味し、特に「エネルギーを使う力」「エネルギーに影響する力」のことです。この章では、あなたのエネルギーを知り、高め、解き放つ方法をお伝えします。

エネルギーを変え、エネルギーに影響を及ぼす

人は、人間関係、財政状況、自分が置かれている環境に影響を及ぼし、人生を変える力を持っています。この力が、エネルギーの方向を決め、自分の欲しいものを手に入れさせてくれるのです。

まず、エネルギーとは何か、詳しく知ることから始めましょう。

物理学では、「エネルギーとは、物体が物理的に働く能力」と定義しています。エネルギーは、形而上学《けいじじょうがく》では、「振動」と定義され、ギリシャ語を起源とする本来の意味は「行動」です。つまり、エネルギーは「動き」なのです。万物にエネルギーがあり、力があります。万物に働く能力があり、ほかのものに影響を及ぼす能力があります。万物は動いていて、ほかのものを動かすこともできます。

あなたの体のなかでも、気づかない間にたくさんのものが動いています。あなたの体はエネルギーの塊です。神経やシナプス、電気エネルギーが働き続け、血管のなかでは、驚くほどの速さで血液が流れています。水やワインを飲むと、とたんに体が反応するのはそのせいです。細胞も常に動いていて、毎分、毎秒、体の内側では、おびただしい量の活動があります。エネルギーを意識し始めると、エネルギーが決して枯れないことに気づくでしょう。宇宙のエネルギーは無限です。エネルギーがなくなるということはありえません。爪のたったひとつの原子にも、人生を思いのまま生きるために必要なエネルギーが詰まっているのです。

確かに、疲れたり、エネルギー不足になることもあるでしょう。でも、エネルギーがな

くなったわけではないのです。誰かのせいで、あるいは仕事をしすぎて疲れを感じたとしても、ほんとうの意味では、あなたは疲れていません。「ストレスを受けている」、ただそれだけです。ストレスのせいで、あなたの体が硬直し、流れが滞ってしまった影響が出ているだけです。自分に原因があることに気づかないと、誰かのせいにしたり、何かのせいにしたりします。そして、そのことがあなたの力を衰えさせてしまいます。

誰でも、生きている限りずっと使える無限のエネルギーを持っています。たとえば、水は、流れが止まっているように見えるときでも、水分子の水素原子と酸素原子が共有結合で結びつき、実は絶え間なく変化しているのです。コップ一杯の水を飲むとき、あなたは水の「動き」のエネルギーを取り込んでいるのです。

昔からある知恵と現代物理学が教えるように、すべてのエネルギーは、ほかのエネルギーに変化できます。たとえば、気持ちが高揚するような歌を仲間と一緒に歌っているときには、感情のエネルギーは熱気へと変わっていて、測定したら、マイナスイオンが増えているかもしれません。

わたしたちは誰しもエネルギーを変える力を持っていて、いつも実践しているのです。タロイモ、バナナ、肉、じゃがいもを食べて、活動するエネルギーへ変えることもそうです。わたしたちは、エネルギーを何かに変換する方法を知っているのです。少なくとも、わたしたちの体は、そのことを知っています。

「コピー」する機能

「ルアリーカイ」というのは、エネルギーや力と関係するハワイ語です。「ルア」は、「コピーする」、「リーカイ」は、「何かと似ている」ということなので、つまりは「コピー機能」という意味です。これは、あなたの「クー」の力の一つです。クーとは、ハワイ語で「潜在意識」とか「体の精神」を指します。わたしたちの潜在意識［57ページ参照］には、何かをコピーする能力があるのです。一体どういうことでしょう？　いろいろなものがコピーできますが、たとえば、体内の細胞もコピーされ、機能しています。皮膚細胞は、肝細胞ではなく、同じ皮膚細胞をコピーします。**体は刻一刻と変化をするので、今のあなたの体は、7ヵ月前のあなたのものとは違います。その間、潜在意識は、体内で細胞や器官をコピーし続けています。**以前は「体の細胞がすべて生まれ変わるには7年かかる」と考えられてきましたが、現在では「7ヵ月程度」と言われています。毎日変わるもの、毎週変わるもの、数ヵ月単位で変わるものなど、いろいろです。**わたしたちは、このコピー機能のおかげで、生涯を通じて生まれ変わり続けているということです。**

　あなたの考えることも、コピー機能の産物です。潜在意識は、あなたの考えることのほとんどすべてをコピーし、なんらかの行動や体験へと変えています。前に経験した嫌なことを思い出すと一瞬にしてまた嫌な気分になるのも、将来起こるかもしれない恐ろしいことを想像して恐怖や緊張感を感じるのも、そのせいです。

　物理的なことが理由で、考えや感情をコピーできないとき、潜在意識は、それに近いものへと変えます。病気という形へ変わることもあります。**嫌な経験、感情を繰り返し思い出すことは、体に悪影響を及ぼすでしょう。**たとえば、過去の嫌なことばかりいつも思い出していると、胆のうやその周辺の病気の原因になることがあります。また、恋愛問題や自尊心を損なうような問題をいつも抱えていると、心臓に悪影響があると言われています。さらに、異性との問題は、下半身の問題として現れる危険性があります。

　潜在意識は、わたしたちが意識を向けるものをコピーしようとします。コピー機能の仕組みがわかれば、それを効果的に使うことができるでしょう。

緊張をほぐす

エネルギーと自分の体を知るには、「緊張」についてよく知る必要があります。**自分の体の反応がよくわからない人は、緊張についてもよくわからないでしょう。緊張をほぐせば、エネルギーを解放することができます。**緊張をほぐす呼吸法と、エネルギーをよく知り、高めるのに役に立つ、簡単で効果のあるエクササイズをお教えしましょう。

◆◆◆◆◆◆◆◆◆◆◆◆◆◆◆◆

《エクササイズ7》緊張をほぐす呼吸法

ワイキキのビーチに**波**が押し寄せている光景を思い浮かべてみましょう。小さな波がだんだんと大きくなり、やがて1メートルを超える波へと変化し、どんどん増幅していく光景を想像しながら、それに合わせて呼吸をしていきます。最初は**1分間**やっ

てみて、うまくできるようになったら、時間を延ばしていきます。

《エクササイズ8》エネルギーを知り、高める

①自分のまわりにある、**動いているもの**を見つけます。水の流れ、木の枝からはらはらと落ちる葉、動き回る子ども、水槽のなかの魚、扇風機などがあります。何も見つけられないときには、車や馬など動いているものを想像するか、写真で代用してもいいでしょう。実際に動きを目にしたり、感じたりするのが一番効果的です。

②それと同じ動きを自分の体のなかの特定の場所に感じてみます。たとえば、自分の肩の筋肉が固まっている場所に、水の流れを感じてみましょう。

③見ているものの動きと自分の体のなかの動きに意識を集中させたまま、ゆっくり深呼吸します。集中と深呼吸を同時にするのが難しければ、まず、ものの動きに集中して、次に呼吸をするといった具合に、交互にやってみましょう。

④体の一つの場所につき**1分間**続けます。頭から始めて、順番にほかの場所で**1分間**ずつやりましょう。

エネルギーを解き放つ

エネルギーをよく認識できるようになると、実際のエネルギーの動きも大きくなるとわかりましたね。**今度は、エネルギーを解き放つことに意識を向けてみましょう。**動き、行動、神への祈り、誰かのための祈り、誰かのためにエネルギーを放出することが、エネルギーの流れを作り、エネルギーを高め、物事を変化させるのです。

わたしは、誰かの体を癒す手伝いをするとき、その人がほかの誰かを癒すために自身のエネルギーを解き放つよう促します。がんを患い、余命6ヵ月と宣告されたイギリス人女性がいたのですが、ジャマイカで療養するためのお金を友人たちが集めてくれたのにもかかわらず、彼女は、そのお金を小児がんの専門病院をつくるために使ったのです。病院づくりに没頭するあまり、女性は自分の体のことを考える暇がないまま6ヵ月を過ごし、病院が完成したころには、彼女のがんはすっかり消え去っていました。特別な治療は何一つしていなかったのに、彼女のなかに閉じ込められていたエネルギーが外へと放出され、変化を生んだのです。

誰かの経済状態が良くなる手伝いをするときも同じです。わたしは、まず、その人にこう問いかけます。

「あなたは、どんなふうにほかの人を助けられますか？　どんな貢献ができますか？　今、ほかの人にしていることを向上させるには、どうしたらいいですか？　前例のない貢献をするには、どうしたらいいですか？」

これに答えることで、その人が自分自身のエネルギーを押さえつけ、閉じ込めている状態から、エネルギーを解き放ち、外へと放出できるようになります。そして、「自分には、考えていたよりもずっとたくさんエネルギーがあったのだ」と気がつくのです。

エネルギーを解き放つと、物事に影響を与えるエネルギーも高まっていきます。

抑制を解く

エネルギーを抑制することを、ハワイ語で「カ・ウカ・ウ」と言います。「カ・ウ」には、「恐れ」「抑える」という意味があります。わたしたちが何かを抑えているとき、つまり、**わたしたちのエネルギーが抑えられているときには、恐れが生じています。**

恐れによって何かが遮られると、変化を起こす前向きなエネルギーが抑えられてしまいます。これを解決するために、恐れと闘う方法と、考え方を変える方法、精神面から行動を起こす方法があります。精神面から行動を起こし、何かに意識を向け、集中すると、エネルギーが動き、新しい流れが生まれるのです。

込み入ったこと、もつれていることを解消し、物事を違う方向へと解き放つことを、ハワイ語で「クー・ウパウ」と言います。わたしは、リチャード・バートン［1950年代～1980年代に活躍したイギリス人俳優であり、女優エリザベス・テイラーの夫］主演の『アレキサンダー大王』という映画のなかで、この「クー・ウパウ」が実践されている場面を見ました。ペルシャのとある場所に到着したアレキサンダー大王は、ゴルディウス王によって結ばれた結び目を見せられます。「それを解く者がアジアを支配するであろう」と予言されていましたが、誰一人、解くことに成功していませんでした。結び目を一目見たアレキサンダー大王は、すぐさま剣を抜き、それを切り落とし、いとも簡単に結び目を解いてしまいました。これは、**フナの第二の法則「限界はない」を表しています。**物事には、常にさまざまな解決方法があり、アレキサンダー大王は、誰も考えつかなかった方法で、その結び目を解いたのです。

さて、**エネルギーを動かし、外へと解き放つ「放射テクニック」**を紹介しましょう。**考え方の方向性、考え自体を変える手段ですが、頭痛、胃けいれん、腹痛など、体に何かの痛みを抱えているときに有効です。**また、物事を前へ進めるとき、「これまでと違うことに挑戦するのが恐い」と感じるときにも有効です。

《エクササイズ9》エネルギーを動かし、外へと解き放つ放射テクニック

①深呼吸をし、目を閉じて、自分の体と感覚に集中します。体の中心であるへそのところに**エネルギーの球**を想像します。どんな想像でもかまいませんが、へその裏側にあるエネルギーの中心部から、光の球、温かさ、振動を感じましょう。

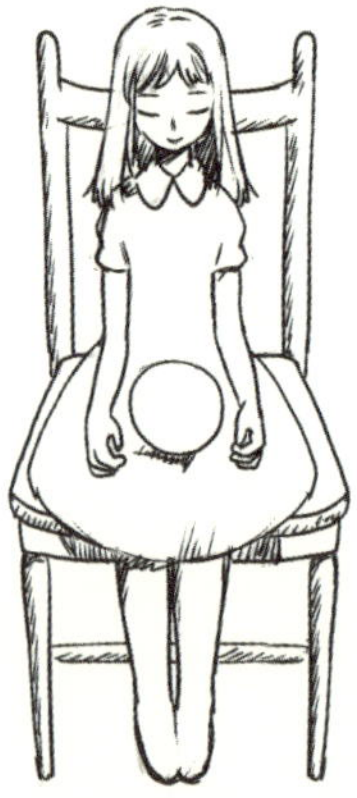

へそのところにエネルギーの球を感じる

②太陽の光が射すように、ストーブから湯気が立つように、エネルギーが体の中心からあらゆる方向へ放射されていくのを想像します。体の前後、左右、あらゆる方向へ放射されていきます。エネルギーが外へ向かう感覚を最大限に感じてみましょう。

③体の中心から外へ出る感覚がつかめたら、今度は、そのエネルギーの球を、頭の中心、胸、骨盤の内側、痛みや違和感がある部分、怒りや恐れの感情がある部分に移動させます。放射している感覚をつかみ、集中してください。好きなだけ続けたら、最後に深呼吸をして、

エネルギーがあらゆる方向へ放射されていく

エネルギーの球を体中に移動させる

目を開きます。

④体や心の変化を観察して、気がついたことがあれば、今後のために書きとめておきましょう。

◆◆◆◆◆◆◆

不思議と、エネルギーの球が移動しやすい場所としづらい場所がありましたか？　それは、**過去の「つらい経験」と共に抑え込まれた意識が、その場所にあるからかもしれません。「抑え込まれた意識」とは、潜在意識が抑え込んでいる意識のことです。**ボディーワークを経験したことがある人なら、わたしの言っていることがわかると思います。**筋肉を解放すると、記憶も解放されることがあります。記憶が解放されると、感情が解放されます。感情が解放されると、思考が解放されます。嫌な感情でぐちゃぐちゃになったままの記憶があると、潜在意識がその記憶とつながりのある体の筋肉を硬くし、抑え込み、意識をブロックしてしまいます。**

やりにくさを感じた体の場所がはっきりしたら、その場所に話しかけます。意識のある、反応のある生き物にするように、**「わたしは、あなたを愛しているよ。受け容れているよ」**

と伝えてください。そうすることで、体のその部分に意識を向けられるようになります。体に話しかけるうち、劇的なイメージや感覚を感じるかもしれません。まるで火山の噴火のような感覚や、目がくらむような白い光を感じることもあります。何を感じるかは、抑え込まれた意識がどんなものかによって、個人差があります。

慣れてきたら、目を開けたままエクササイズをしても大丈夫です。人によって、自分のやりやすい方法を見つけましょう。運転しながら助手席の人と話をするように、車を運転しながらこのエクササイズをできる人もいます。走り慣れた道ならなおさら大丈夫でしょう。あなたの潜在意識は複数のことを同時にする方法を知っていますが、それをするかどうかは、あなたが判断してください。

ほかの人を助ける

放射テクニックを使って、ほかの人を助けることはできると思いますか？　自分以外の**誰かの体から、その人の意識を遮っているものを取り除いてあげることはできるのでしょうか？**

フナの第二の法則は「限界はない」でしたね。人は皆、お互いにつながっていて、すべてのものは、どこまでもつながっています。望んでいても、そうでなくても、お互いに影響し合っているのです。「共鳴」「共振」と似たようなものですが、これを「相互作用」といいます。たとえば、あなたが、何かにほんの少しだけ恐れを抱いているとしましょう。ほかの誰かが、同じことについて、とても大きな恐れを抱いていて、その人の恐れの影響を受けてあなたの恐れが膨らんだら、相互作用が起こったということです。しかし、もしあなたが最初からまったく恐れを抱いていないか、自分の恐れを自覚し、それを変換することができていたら、ほかの人の恐れから何一つ影響を受けません。さて、ほかの人に対して放射テクニックが使えるかという問いに戻りましょう。「その人の求めていることと一致する場合は使える」と言えます。潜在意識にはもともと、喜びを求め、痛みを遠ざけようとする自然の性質があり、それを助けてくれるものから一番影響を受けます。**誰かが「エネルギーを解放したい」と望んでいるとき、あなたがその人のエネルギーが解放されることを想像すると、あなたの潜在意識がその人の潜在意識に届きます。その人の潜在意識は、「こりゃ悪くないね。やってみよう」と思い、あなたの想像をコピーします。**ここでもまた、コピー機能が働きます。

誰かのことを想い、誰かのために祈り、エネルギーを送ると、あなたが直接何かをしていなくても、あなたの潜在意識が相手に届き、相手がそれを受けとり、彼らの解釈で変換をし、彼らのやり方でそれを利用するのです。あなたの送るメッセージとエネルギーが相手にとって役立つものであれば、受け容れられやすいでしょう。エネルギーを与える喜びを知ると、誰かにポジティブな影響を与えるチャンスが増えていくでしょう。ただし、あなたは誰かに影響を与えることはできても、コントロールすることはできません。

コントロールと影響

さて、支配やコントロールについてよく考えてみましょう。「思い通りに動かす」という意味では、誰も自分の体をコントロールすることはできません。「でも、わたしはこの本を手に取り、読むと決めました。自分でコントロールしていますよ」と言いたくなるかもしれませんね。ほんとうにそうでしょうか？　何かをすると「決める」とき、あなたは、頭のなかで大まかな想像をしています。そして、それは無意識です。実際にこの本を取り上げ、ページをめくり、並ぶ記号を「文字」として理解するのは、あなたの体です。どの筋肉をどう動かすと本を手に取れるのか、どの神経がどんなふうに働いて文字を理解させるのか、あなたの頭がそれをはっきりと意識してやっているわけではないのです。もちろん、専門書を読めば、筋肉と神経の仕組みについての知識は得られるでしょう。でも、だから自分の体をコントロールできるようになるわけではないのです。

あなたが「決断」と呼んでいるものは、頭のなかの一瞬の想像のことです。その想像のあと、自分の体に変化が起こるのです。厳密には、コントロールではなく、「影響」です。

今わたしが書いている文章は、どこかから運ばれてきます。一応、道理の通った内容です。でも、わたしには、それがどこから運ばれてくるのかわかりません。心理学を学んだのに、自分の書く文章がどこから運ばれてくるのか、ほんの少しのヒントも浮かばないのです。わたしにあるのは、文章を書く意図と、自分の言いたいことを思い浮かべ、アイディアを出すことです。でも、言葉を探しに出かけて、見つけて帰ってきて、それをまとめてパソコンに打ち込んでくれるのは、わたしの潜在意識なのです。それがどんな方法で行われているのかなんて、わたしにはどうしたってわからないのです。

それでも、わたしは自分の言いたいことに「影響を与える」ことはできます。潜在意識は、わたしをとても愛してくれていて、わたしの望むようにしてくれるのです。それと同じように、**わたしたちは、ほかの人を支配し、コントロールすることはできなくても、ほかの人に影響を与えることはできます。ほかの人にポジティブな影響を与えれば与えるほど、相手が受け取る影響も大きくなるでしょう。**もちろん、これを使って人を怖がらせることも可能ですが、相手にもともと恐怖心がたくさんあって、自尊心が低く、自分に自信がない場合だけでしょう。幸運なことに、最近は、恐怖心に支配されずに高い自尊心を持つための訓練がたくさんあります。人間は誰しも、「ネガティブな影響を受けたくない」と思っているのです。

個人の力とエネルギーを高めれば、ポジティブな影響力が高まります。皆がエネルギーを高める練習をし、お互いの考えを分かち合えば、いずれ、世界は調和で動かされるでしょう。長い時間がかかるかもしれませんが、もうすでに始まっています。

5

欲しいものに焦点を合わせる

ʻAʻohe wāwae o ka iʻa; o ʻoe ka mea wāwae, kiʻi mai

魚には足がない
人間には足があるのだから、
欲しいものを取りに行かねばならない
（思考は、行動によって強化されねばならない）

「マキア・マナ」とは、「**焦点を合わせる力**」という意味です。フナの法則では、とても重要な概念です。エネルギーは、意識を向けたところへと進んでいきます。「**焦点の合った意識**」「**集中力がエネルギーを凝縮する**」という考えについてお話ししましょう。おわかりと思いますが、この考えは物理学からきています。何かに集中すればするほど、その密度が濃くなります。何かに焦点を合わせれば合わせるほど、一点に力が集まります。物理的な物質や物体だけではなく、人間の精神でも同じように働きます。集中することで、エネルギーが凝縮され、強化されるのです。

焦点が定まらずに、ばらばらになるとき

ハワイ語の「プホラ」とは、先ほどの「焦点を合わせる」と正反対の言葉で、「ばらばらに散る」という意味です。仕事を成し遂げたいのにエネルギーを集められないなら、エネルギーがばらばらに散った状態です。「そうです、これがわたしの目標です。でも、そっちの目標も叶えたいんですよね。あ、この目標もほんとうに叶えるつもりです。こっちのほうが正しいと思うし。でも、うーん、どうしてもそっちの目標が好きなんですよね。あきらめるのは嫌だなぁ。やっぱり、そっちの目標に集中したほうが良いのかなぁ……」といった具合です。人生がこんなふうに進んでいくと、一つの目標を生み出すためのエネルギーを十分に得られません。こういう人たちは、目標を持つことに夢中になるあまり、自分が今、何をしているのかよくわからないのです。このやり方では、何かを達成するためのエネルギーを凝縮することができません。

フナの第三の法則では、志が同じ人たちのエネルギー、宇宙のエネルギー、すべてのエネルギーが、意識を向けたところへと進んでいきます。焦点を合わせると、物事が動き始めます。そして、同じ焦点に意識を合わせ続ければ、物事はどんどん進んでいくのです。

この秘伝の法則は、ほんとうに効果があります！　何かに焦点を合わせると、宇宙のエネルギーに動きを与え、それがあなたの焦点にさらに作用するのです。潜在意識のコピー機能を超えたものです。言ってしまえば、「宇宙の潜在意識」のコピー機能です。宇宙の潜在意識は、あなたが何に焦点を合わせても、同じものをつくり出そうとするのです。あなたが、「偶然」というゴミ箱に放り込んでしまわない限り、驚くような、魔法のような出来事は起こり得るのです。

わたしの体験を一つお話ししましょう。ハワイ島にスーパーマーケットが普及する前、わたしと妻は、椅子を求めてヒロの町へと出かけました。妻は心優しいさそり座の女性ですが、何かに集中すると、とても情熱的になります。いったん何かに意識を向けると、それはまぁ、ほかのものは一切目に入らなくなってしまうのです！　そのとき、妻は足置き台とセットになった椅子を欲しがっていました。最初に見たお店では、見つけられませんでしたが、妻はあきらめませんでした。ヒロにはたくさんの家具屋がありましたが、探している椅子を置いている店は一軒もありませんでした。今度は、わたしの目当ての物を買いに町のショッピング・センターへ向かうことにしたのですが、その間、妻の椅子探しは放棄されたわけではなく、あくまでも保留中だったのです。ショッピング・センターの正面玄関へ向かって二人で歩いているとき、彼女は突然立ち止まって、こう言いました。

「やめたわ！　シアーズ・デパートへ行きましょう」

「何のためにシアーズへ行くんだい？　シアーズには、欲しいものは置いてないよ。さ、お店のなかへ入ろうよ」

「シアーズを見てみたいだけよ」と妻が言います。

了解です。幸せな結婚生活に妥協はつきものです。それで、わたしたちは、シアーズへ向かい、シアーズの入り口のドアを開け、なかへ足を踏み入れたとたん、あやうく何かにつまずいて転びそうになりました。なんとそれは、妻が欲しがっていた椅子と足置き台だったのです！　妻は、躊躇《ちゅうちょ》することなく、まっしぐらに女性店員のもとへと向かうと、注文を済ませ、こうして椅子と足置き台はカウアイの我が家へとやってきたのです。

意識を向けていると、心にひっかかるものや、特に興味の湧くものに出会ったとき、「何かが発生している」と必ず気づくことができます。それを新聞や車のバンパーステッカーで見つけることもあれば、送られてきたメールや、誰かからの電話、テレビのなかで耳にしたり目にしたりすることもあります。そうやって、「チャンス」が生まれるのです。

あなたの集中の質と、あなたが恐れによってどれだけ抑制されているかによって、成果が変わります。明確で強い自信がないまま、どこか不安や恐怖を感じた状態で、１００万ドルに焦点を合わせ始めても、結局、宝くじを買って終わりになるかもしれません。**何があっても疑わなければ、したい経験をすることができます。でも、疑いや恐れという矛盾を抱えていると、宇宙は、それと同じ量の矛盾する情報を受けとり、同じ量の矛盾する結果をもたらすだけです。だからこそ、あなたがほんとうにやりたいことを明確にして、そこに焦点を合わせ続けることが大切なのです。**

あなたは何が欲しいのか?

わたしは、カウンセラーを訓練するとき、最初にお客さんにかけるべきことばを教えます。

「わたしに何をしてほしいですか?」

これは、次のような昔からの言い伝えにさかのぼります。

「誰かが欲しいものをはっきりと口にするまでは、思い込んではいけない」

これは、聖書のなかにもあります。ルカによる福音書、第18章、35節に、盲目の男性がイエスのもとへ連れて来られる場面があります。このときのイエスの最初の言葉は、「わたしに何をしてほしいのか?」です。男性の目が見えないとわかっていたのに、イエスは何も決めつけず、男性がこう答えるのを待ったのです。

「わたしは、見えるようになりたいのです」

ほかの人を助けるときには、必ず「何がしたいのか」を尋ね、明らかにすることです。そうすれば、彼らの希望を叶える手助けができるでしょう。わたしがカウンセリング業をしているとき、どう見ても身体的な問題を抱えているように見える相談者でも、本人たちは感情的な問題で助けを求めていることがよくありました。求める側もまた、「ほかの人が自分の求めることをわかっていてくれている」と決めつけてはなりません。**明確に説明できるようになるまで、「わたしは、自分の求めていることをわかっている」とさえ思わないことです。**

成長するにつれ、やりたくないことの専門家になってしまう人がたくさんいます。そうなるようにうまく訓練されてしまうのです。でも、自分のやりたいことを見つけて、心を決めることは……まったく新しい方法でこの世界と関わることです。これは、きわめて大切なことです。なぜなら、そうでないと、やりたくないことから遠ざかろうとして、何かに向かって進むことは決してせず、格闘しながら宇宙を進んでいくことになるからです。

明確ではない目標、ばらばらになった意識は、エネルギーを弱め、能力を下げます。さて、ここで、自分の欲しいものを明確にし、焦点を合わせるため、「欲しいものを想像する」とっておきのテクニックをご紹介します。繰り返しますが、想像力は、すべての能力を生み出す、意識のなかで一番大切なものなのです。

◆◆◆◆◆◆◆◆◆◆◆◆◆◆◆◆◆◆

《エクササイズ10》欲しいものを想像する

このテクニックを使い、欲しいものに焦点を合わせる体験をしてみましょう。大きなものでも、小さなものでも、選ぶことができます。自分の欲しいものがわからないという問題は、あとでまた取り上げます。現時点では、プロセスを体験してもらいたいので、そのことはさほど問題ではありません。まずはリハーサルと思って、今、持っていないものを何か一つ選んでください。ビールでも、新しい靴でもいいでしょう。

①自分のまわりの空気がエネルギーでいっぱいになっている様子を想像してください。

このエネルギーが体に入り込み、ゆっくりと深呼吸をしながら、脳が活性化していく様子を想像してください。

②ナレーション形式で話します。想像していることを言葉で表現しましょう。こんなふうに言えるでしょう。

「ビールが注がれた分厚いジョッキグラスが目の前の木のテーブルに置かれています。グラスに水滴がついているのが見えます。触ることもできます」

「座り心地の良い椅子に座っています」

「買ったばかりの黒い革靴のなかへ左足が滑り込んでいます」

どんな想像でも、それにふさわしい言葉を使いましょう。

③想像のタイプには、**「現実タイプ」**と**「空想タイプ」**があります。どちらか一つだけを使っても、両方使ってもかまいません。どちらも効果がある人もいるし、どちらか一方が最適な人もいます。目を開けているほうがいいのか、閉じているほうがいいのか、自分に一番合うほうを自由に選んでください。

A 現実タイプ

体調、状況、環境など、あなたの人生で現実的に手に入れたいものを思い描いてください。想像力を存分に発揮し、あらゆる感覚を使ってください。まるで現実に起きているように、状況を鮮やかに想像します。現実タイプでは、欲しいものを細部にいたるまで想像することです。視覚的な想像力だけではなく、聴覚の想像力も使い、想像のなかで音を聞いてください。音楽が想像できなければ、BGMとしてまわりの人たちの話し声、自分の話し声、木々の間を吹き抜ける風のような音を想像しましょう。状況をできるだけ現実的にし、その場所の手触りを想像します。手の位置、床、地面に着いた足の位置、まわりの気温、感触、空気、すべてをできるだけ鮮やかに、ほんもののように、想像するのです。自分の望んでいることを確認し、感謝を表現するため、次のような言葉にします。

「これが、わたしの欲しいものです。どうもありがとう」

五感——視覚、聴覚、触覚、味覚、嗅覚を研ぎ澄ませるのです。さあ、ほんの少しの間、リラックスをして、想像力に身を任せてみましょう。

B 空想タイプ

空想タイプでは、象徴するものを想像します。自分の欲しいもの、望んでいる

◆◆◆◆◆◆◆◆◆◆◆◆◆◆◆◆◆◆◆◆◆◆◆◆◆◆◆◆◆◆◆◆

状況を表しているものです。恋愛関係を望んでいるのなら、二頭の馬が愛情深くお互いに鼻をすり合わせている様子や、天国で二人の天使がたわむれている様子を想像してみましょう。純粋に象徴的で、空想的なレベルで想像しましょう。たとえば、打開したいものがあるなら、壁を打ち破る場面を想像し、体の状態を変えたいなら、体について想像するのではなく、元気な木、植物、動物を鮮やかに想像します。もっとお金持ちになりたいなら、宝の洞窟への鍵を受けとり、そこへ足を踏み入れている場面を想像します。あなたの潜在意識は、意味をちゃんと理解してくれるでしょう。最後に、現実タイプと同じ言葉で想像を終わらせます。

「どういうことかわかりますね。これが、わたしの欲しいものです。どうもありがとう」

できる限りの高い集中力を感じているときには、それを解き放ち、もとの状態に戻る必要があります。深く息を吸い、頭と肩を動かし、体の力を抜き、目を開け、達成したいことを表すジェスチャーをしましょう。指をパチンと鳴らす、手を組む、胸に手を当てるなど、何でもいいです。

エネルギーを凝縮し、集中する練習をするときには、芸術家が絵を描くときのような、クリエイティブな想像力を使います。**重要なのは、無理やり実現させようと力まないことです。実現させることに固執すると、潜在意識が筋肉を緊張させ、自分自身を圧迫してしまい、その結果、エネルギーが遮られ、循環しなくなってしまうのです。**

宇宙を信頼する

この作業から効果を得るには、宇宙を解放し、信頼する感覚が不可欠です。わたしにとって、宇宙とは、「生命の魂、神、人間が万物の源だと信じているもの」です。わたしたちが宇宙をどんな名前で呼ぼうとも、何を信じようとも、物事を実現するのは人間ではありません。

コントロールの話に戻りますが、**人間は、物事をコントロールすることはできませんが、自分自身の想像をコントロールすることはできます。**ただし、神経質になっているときには、それさえもできません。**想像をコントロールする一番良い方法は、体をリラックスさせることです。**これから想像以上の結果をもたらすとしても、あなたが今、考えていることは、まだ想像のなかの経験でしかありません。とりあえずそのままにして、「これが、わたしの欲しいものです。どうもありがとう」と言葉にするのです。ほんとうに言っているのは、**「宇宙よ、これは、わたしがあなたに向けて描いている絵です。この絵に命を与えてください」**ということです。現実化するのは、あなた自身ではなく、宇宙です。あなたが描いている絵に、より一貫性があり、より有益であれば、うまくいきますが、宇宙にすべてを委ねることをせず、「自分が実現するんだ」と意気込んでも、うまくいきません。あなたの絵は、自分の期待を高め、その期待が宇宙に確実に届くのを手伝ってくれます。

ぼんやりとした絵しか描くことができないと、成果もぼんやりとしますが、**自分の欲しいものを明確に定義できれば、宇宙がちゃんとそれを受け取り、成果も明確に出してくれるのです。**

どんなときでも、できる限り、自分の欲しいものを明確にしておいてください。あとから大きな変更、急激な変更を加えるときには、高速道路で急に車線を変えるのと同じで、進んでいく速度が一時的に落ちますが、悪いことではありません。ほんとうに変更をしたいときには、そうすべきです。物理的な世界でも、精神的な世界でも、エネルギーは運動量原理に基づいて、同じように働きます。ひとたび自分のエネルギーがある方向へ向かって動き始めると、何かに邪魔されなければ、そのまま同じ方向へ進んでいきます。「恐れ」と「疑い」があると、エネルギーがばらばらに散ってしまうので、注意が必要です。「明確にする」という考えは、とても大切です。**宇宙は、あなたの「ぼんやりとした願望」には、さほど応えてはくれませんが、あなたの「明確な期待」には応えてくれるのです。**

失望

期待を高めるとき、同時に失望する準備をしていませんか？　一部の師たちが言うように、期待などまったくしないほうがいいのでしょうか？

まず、「失望」という言葉を定義しましょう。**失望とは、起きた出来事が気に入らないときの感情です。**ただ、それだけです。で、そのあとどうなりますか？　失望すると、あなたは何もしなくなります。**「また気に入らないことが起こるのではないか」と、恐ろしくなるのです。**でも、わたしはこの考えに納得がいきません。がっかりするのが嫌だから行動をしないなんて、お腹が空くのが嫌だから食事をしないようなものです。どうせ、しばらく食事をしなければお腹が空いて、文句を言いながら食べ物を取ってくることになります。

あなたが木彫りの職人だとしましょう。木のかたまりから像を彫っているとき、手を滑らせてうまく彫ることができなかったら、「これを使って別の像を彫れないかな？」と考えますか？　それとも、「ちぇっ、思ったようにいかなかった！」と言って、彫刻刀を投げ捨てて壊し、地団駄を踏みますか？　かんしゃく持ちの芸術家なら、そうするかもしれませんが、現実的な芸術家は、そんなことばかりはしないでしょう。**成功したいのに思うようにいかないときには、「やり方を変えねば」と気がついてください。**

期待

自分には「保留にしている期待」があると言い張る人たちがいます。そう言うことで、未来をコントロールできないストレスをやわらげようとしています。でも、これは、期待をまったく持たないことと同じです。期待を保留にしておくと、人々は、人生という海で、潮の流れに身を任せ、風と波にさらわれて漂流していきます。わたしはこれまで、そのおかげで悟りの境地に達したというよりも、まさに流木になってしまった人たちをたくさん見てきました。気をつけて聞いてほしいのですが、わたしは流木のような人生を非難しているのではなく、自ら目的を持って生きる、人生の船乗りたちのほうが、ずっとおもしろいと思うのです。

　恐れ、疑いを見直し、明らかにして、取り除きましょう。滞ったエネルギーが再び流れるよう、もう一度やってみるのです。あきらめを手放すには、大きな愛と信頼と共に、今この瞬間を生きさえすればいいのです。それがほんとうの意味での期待をもたらします。世界が自分を大切にしてくれること、物事がうまく運ぶこと、起こる出来事に良い面と悪い面があり、その恩恵を受けること。そういったことへの期待こそが、ポジティブな期待です。単純に、あなたの生き方です。自分たちの欲しいものを今この瞬間に期待し、実現するかどうかは宇宙に任せる、美しい生き方があります。「自分は幸運で、それに値するのだ」と知ってください。やってみたらうまくいきますから、すばらしいやり方だとわかるでしょう。

目標をいくつも持っていいのか？

人生の分野ごとに、同時にいくつもの目標を持ってもいいのでしょうか？　それとも、目標は一つずつ取り組むべきなのでしょうか？

大切なことは、意識が処理できるかどうかです。この世では、潜在意識と宇宙の両方が、無限の欲望を処理しています。たとえば、今この瞬間も、潜在意識がわたしたちの心臓と神経系を動かしています。食べたものを消化し、筋肉を増強させ、一部の細胞を壊し、老廃物を排出し、数十億という細胞を作り、修復し、栄養状態を管理し、途切れることなく働き続けています。**潜在意識に負担をかけないためには、恐れ、怒りを生むような考え方をしないこと、そして目標を三つか四つにとどめておくことです。**心理学では、たいていの人が一度に七つもの概念を扱えるといいますが、わたしの経験では、最大でも三つか四つのことに働きかけるほうがずっと効果的なようです。進行具合と経過を管理するのがずっと楽になります。

たとえば、健康、財産、幸福、成功の四つを選んだとしたら、それぞれの分野で、**自分のやりたいこと、欲しいことを具体的に考えていきます。**

もう一つの効果的なやり方は、**最初に全体の目標と方向性を決め、そのほかのことすべてをそれに合わせることです**。それが人生の指針となり、ぶれずに目標を追うのを助けてくれるでしょう。たとえば、あなたの目的がヒーラー［自然の力を使って人を癒すことができると信じられている人］になることなら、より優れたヒーラーになるための講座を受ける計画を立てたり、多くの人に癒しを届けられるよう車で移動することを考えたり、自分自身の癒しのためにテレビを買うことを考えたりできます。

この章でお話ししてきたように、「意識の焦点を定めること」は、どんどん磨きをかけ、発展させる価値があるスキルです。わたしの人生で学んできたすべてのことのなかで、この概念と実践が、一貫して一番効果的でした。ぜひ、あなたも試してみてください。

6

今この瞬間の力を手にする

Noho ka mana i kēia manawa

力は、今この瞬間に存在する

フナの第四の法則から、今が力の瞬間であると学びましたね。ハワイ語で「マワナ」とは、「愛情」「気持ち」「象徴的な魂とのつながり」「時の力」という意味ですが、始めてこのフナの法則を学んだとき、わたしは「時の力」という言葉にてこずりました。「今この瞬間」と「時の力」がどう結びついているのか、ピンとこなかったのです。でも、生きたハワイ語は、過去形も未来形もなく、過去のことも未来のことも現在形で表すということが、ヒントになりました。この世に起こるすべての出来事は、終わっていようが進行中であろうが、今この瞬間に関係しているのです。

この章では、**人生のあらゆる分野で成果を出すため、今この瞬間に「いる」方法をお話しします。**

「現在」が持つ力

効果的に行動を起こし、目的のためにエネルギーを集め、増やす力は、今この瞬間にあって、過去や未来にはありません。あなたは「現在にいる」必要があるのです。今この瞬間にいることをつかむため、次のエクササイズをしましょう。

◆◆◆◆◆◆◆◆◆◆◆◆◆◆

《エクササイズ11》今この瞬間にいる　その一

①大型のガラス製品、大きい椅子など、やっと持ちあげられるような、かなり重いものを見つけます。ここでは、椅子を選んだとします。

②昨日、もしくはそれ以前の過去にしたことをできるだけ鮮明に思い出します。椅子を直接見ないで持ち上げ、重さを感じたら、もとに戻します。

③明日、もしくはそれ以降の未来にする予定があることを思い浮かべます。先ほどと同じやり方で、椅子を直接見ないで持ちあげて、重さを感じたら、もとに戻します。

過去にしたことを
思い出しながら、
椅子を見ないで持ち上げる

未来にする予定がある
ことを思い浮かべながら、
椅子を見ないで持ち上げる

④最後に、両手を使って椅子に触り、その手触りと温度を感じます。色、形、位置をよく観察し、持ちあげて、その重さを感じます。これで、「過去」「未来」「今」を

試しました。うまく集中できていれば、3回目には、椅子がずっと軽く感じられるか、楽に高く持ち上げられるでしょう。

椅子を見て、触り、観察して、持ち上げる

物理的に、今この瞬間にいる

「今この瞬間にいる」ことは、途方もない恩恵をもたらしてくれます。**意識を完全に現在へ向けると、労力をかけずに肉体的な成果が出ます。**より速く、より遠くへ走れるようになり、疲れても、より早く回復し、物を持ち上げるのも簡単です。よりよく見え、よりよく聞こえ、より深く呼吸できるようになり、聞こえる範囲が広がり、食べ物の味がもっとおいしく感じます。現在に集中して、五感を高め、体の状態を改善すれば、よりいい結果が生まれます。**どこかほかの場所に意識を向けたままたくさん努力するよりも、ただ現在に集中すれば、少しの努力でたくさんの効果が得られます。**

今この瞬間にいるための簡単なエクササイズをご紹介します。

◆◆◆◆◆◆◆◆◆◆◆◆◆◆

《エクササイズ12》今この瞬間にいる　その二

①足を肩幅に開いて立ちます。

②**約30秒間**、足の裏にしっかり体重をかけて、上下に静かに跳ねます。

③静止して、どんなふうに感じているか注意深く観察しましょう。体がジンジンする感じがして、体にエネルギーが流れるのを感じるでしょう。より深く、よりリラックスして呼吸します。あなたが頭を使う作業をしているときには、休憩としてこれをすると、雑念を払う助けにもなるでしょう。

感情的に、今この瞬間にいる

「今この瞬間にいる」ことで受けるもう一つの恩恵は、感情が安定することです。**わたしたちの感情を一番乱すものは、過去と未来です。**「恐怖」が生まれるのは、過去に経験した苦しみと危機を思い出し、「同じことが未来でも起こるかも」と予測するからです。「怒り」が生まれるのは、過去の過ちを思い出し、「同じことが未来でも起こるかも」と予測するからです。

あなたが今この瞬間に経験していることは、恐れでも怒りでもないかもしれません。でも、恐れや怒りを感じる出来事がたった1回でもあると、それがあなたのすべての記憶に延々と影響を及ぼすのです。

たった1日、たった1時間会った誰かに腹を立てて、そのせいで1ヵ月の休暇が台無しになったと言う人たちがいます。そのこと以外は楽しい休暇だったのに、未来にまた不愉快な人たちが現れるかもしれないと思い、もう二度とその場所を訪れなかったのです。別の例をあげましょう。飛行機で数千マイルもの旅をしてきた友人が、あるとき嵐に遭って恐い思いをし、それ以降、一切の飛行をやめてしまいました。それまでは楽しく安全に飛行を楽しんでいたことは忘れ、一度死にかけたことにすべての意識を支配され、その恐怖を未来の飛行に投影させたのです。

今この瞬間に完全に集中できていれば、過去を振り返ることも、未来を思い悩むこともありません。今この瞬間に苦しみ、心が動揺する経験をしていないのですから、未来に恐れや怒りを抱かないのです。すると、体はリラックスし、感情が安定し、心がすっきりとするでしょう。もちろん、記憶にアクセスしたり、未来について考えたりするときがあってもいいのです。でも、**穏やかな気持ちで自分自身と自分のまわりの世界と一緒にいられるほうが、はるかに大切です。**

今この瞬間にいるための三つ目のエクササイズを紹介します。

◆◆◆◆◆◆◆◆◆

《エクササイズ13》今この瞬間にいる　その三

①周りを見渡し、**色**を見つけていきます。まず、目に見えるすべての白を見つけ、すべての赤、オレンジ、黄、緑、青、紫、最後に黒を順に見つけます。次に、すべての直線を見つけます。次に、すべての曲線を見つけます。最後に、物の形を見て、

空間のなかでどんなふうにつながっているか見てみましょう。

②聞こえるすべての**音**に耳を澄ませます。最初は高い音、次に低い音を聴きます。聴いているうちに、始めは気がつかなかった音がどんどん聞こえてきます。もう一度すべての音に耳を澄まし、最初は単独だった音がどんなふうにほかの音と結びついていくか、注意します。

③物に触って、**形**を感じてみます。柔らかいか、硬いか、質感、湿度の違い、柔軟性、重さを感じます。

④**「見ること」「聞くこと」「触ること」**の三つの感覚の間を好きなだけ行ったり来たりしましょう。**味覚**と**聴覚**も感じてみましょう。

◆◆◆◆◆◆◆◆◆◆◆◆◆◆◆◆◆◆

これを、「簡単で楽しい」と感じる人は、今この瞬間にいることに慣れています。「簡単でつまらない」と感じ、飽きてしまうなら、「こういった類のことは役に立たないし、おもしろくない」というパターンに生きているからです。「恐い」「苦しい」と感じて動揺する人は、「見る」「聞く」「触る」ことを苦痛と結びつけるパターンを持っています。これまで経験したことがないから魅力的で刺激的と感じる人もいるでしょう。すべての人が、頻繁に、そして十分に時間をかけてこのエクササイズを続けると、次の三つの報酬があるでしょう。

①自分で気がつかなかったストレスと緊張から解放される
②エネルギー、生命力、健康感が増すのを感じる
③知覚が研ぎ澄まされ、まわりの世界への見方が変わる

カリスマ性を高める

より現在を生きることで手に入るもう一つの恩恵は、カリスマ性です。「たくさんの人に個人的な影響を与えたり、権力をふるったりする特別な霊的能力や個性」と言われています。**生まれつきカリスマ性のある人は、非常に強烈な知覚を持ち、情緒豊かなことが多いです。**本人は、なぜほかの人が自分の存在にこんなに強く反応するのかわからず、「注目されて居心地が悪い」と感じることもあります。

自分が無意識にしていることを認識し、知覚的な感覚を高めることで、カリスマ性は高

まります。カリスマ性を高め、その効果を測るエクササイズがあります。

◆◆◆◆◆◆◆◆◆◆◆

《エクササイズ14》カリスマ性を高め、その効果を測る

①先ほどの「《エクササイズ13》今この瞬間にいる　その三」をします。
②自分自身と、まわりにあるものすべてを最大限に感じます。
③人がいるなかを散歩し、「現在」に留まり、いい気分に浸ってみましょう。
④ほかの人が自分にどんな反応をするか注意深く観察します。

保証はありませんが、このエクササイズがうまくいくと、たくさんの人が自分にほほ笑みかけ、挨拶をし、普段よりも親切にしてくれる体験をするでしょう。

かつて、わたしと妻がヨーロッパ旅行に出かけたとき、最初の大きな空港の搭乗手続きカウンターで事件が勃発しました。わたしたちの予約、アップグレードの情報、これまでのすべての旅程が、飛行機会社のコンピューターから姿を消してしまったのです。カウンターの女性は不機嫌な態度で、面倒臭そうにしていましたが、妻とわたしはすぐさま、

「今この瞬間」に集中することにしました。その女性がしてくれるささやかなことすべてを言葉にして感謝し、彼女を褒め、自分たちが見つけた幸運を称賛しました。わたしたちには何の根拠もありませんでしたが、あの瞬間、「すべてが完璧にうまくいく」と確信していました。**批判、不安になるような考えと言葉を心に浮かべず、一切口にしませんでした。**その結果、カウンターの女性は、わたしたちを助けることを彼女自身のチャレンジと捉え、めきめきと頑張り始めたのです。

そうしてついに、わたしたちの全旅程は復元され、しかも特別にアップグレードするという特典まで付きました。彼女は、わたしたちが大喜びするのを見て、心から喜び、満足しているように見えました。さて、ここで一番重要なのは、わたしたちが直接彼女に働きかけることは一切なかったことです。**すこぶるご機嫌な気分でそこにいただけで、**女性がわたしたちに応えてくれたのです。良いカリスマ性は、人生のいろいろな場面で役に立ちます。

精神的に、今この瞬間にいる

「精神的に、今この瞬間にいる」と、次の三つの報酬があります。

①今よりもたくさんのことに気づく
②出来事と出来事の「つながり」に早く気づく
③直感が強くなる

驚くべきことに、実にたくさんの人たちが、自分のまわりのことに「気づく」ことなく人生を歩んでいます。現在ではなく、過去か未来というどこか別の場所に思いを馳せてばかりいるのです。**自分のまわりの状況にほんとうに気づくと、恐怖に支配されず、危険や問題を回避でき、もっとたくさんの経験と学びを得られ、効果的で豊かな人生を送れるのです。**

いっとき、わたしは物につまずいてばかりいたので、そのことを研究しました。渋滞中に運転しながら考え事をしたり、目の前の石や椅子を無意識に上手に避けたりする能力があるのに、なぜつまずいてばかりいたのでしょうか？

やがて、わかりました。わたしがつまずくのは、何かほかのことを考えながら歩いているときだけでした。今この瞬間に歩いていることではなく、過去に別の場所で歩いたことを思い出したり、未来に歩こうとしている場所について考えたりしているときにだけ、道端でつまずいていたのです。

わたしの愛すべき潜在意識は、わたしの考えに忠実に物事を起こそうとします。だから、わたしが過去や未来のことを考えている間、現在いる物理的な環境を無視し、わたしの「心のなかの道」へとわたしを導いたのです。この発見をしてからというもの、わたしは、めったなことではつまずかなくなりました。つまずいても、ただ、物理的に足を前に動かし、自分の意識を現在に引き戻し、また集中することができるようになりました。

「現在、体験していること」と「知識」を結びつける能力は、とても役に立ちます。まわりのことに気づき、そこに知識、記憶、想像力が加わると、知恵になります。推理小説のなかの名探偵シャーロック・ホームズは、このテクニックを使いこなした人物ですが、これは、誰もがどんな分野でも活用できる、一番実践的なやり方なのです。

精神的に、「今この瞬間にいる」ことがもたらす最大の恩恵は、直感が研ぎ澄まされることです。**人が興味のあることにすべての意識を向けると、必ず起こることがあります。意識を向けているもの、関係するもの、関連するもの、同じことに知識・興味を持つほかの人たちの潜在意識、自分の潜在意識、それらすべての間にエネルギーの経路ができます。**ラジオやテレビの番組が特定周波数の電磁波で流れるのと同じように、お互いの間に情報が流れ始めます。しっかり集中していれば、たいていは自然に起こりますが、「知りたい」という意図があると、もっと頻繁に起こすことができます。

もちろん、今この瞬間にいなくても、エネルギーの経路ができて、情報をキャッチすることがあります。まだ出版はされていませんが、わたしが自分の見た夢から発想を得て、アトランティス大陸についての小説を書いたとき、そのことについて考えれば考えるほど、夢にはなかった詳しい内容が頭に飛び込んできたのです。作家にはよくある体験らしいです。

物理的な問題を解決するのに必死になっているときにも、精神的な「気づき」を得ることがあります。**目の前の問題に、ただただ集中していると、突然、知識と理論では説明できないような出来事が起こったり、予想外のところから助けが入ったりして、「知らないままに知る」というステージへと飛躍します。**あるとき、オフィスで仕事をしていたとき、わたしは急いで二台のパソコンのインターネット接続をしなければいけなかったのですが、用意していた電話線が短すぎました。わたしは倉庫へ急ぎ、衝動的に、無意識に、これまで見たことない箱のなかに手を突っ込み、何かをひっぱり出しました。それこそが、前の職場で使っていた、当時は長すぎると思って使わずにしまっておいた電話線だったのです。そこに電話線が入っているなんて、まったく知らなかったのに、わたしの潜在意識がそこへ導いてくれたのです。そのあと、散らかったオフィスを掃除する前に、ふと思いついて、椅子に座り、意思を持って意識を現在に集中させました。すると、潜在意識の記憶を超えて、頭のなかにシンプルな計画が浮かびました。

「今週末は予定がないから、ワークショップのツアーをするのはどうだろう?」

わたしは、さらに意識を現在に集中させました。するとどうでしょう。そのあと、ある人から届いたEメールは、まさにツアーの計画書だったのです。

さらなるエネルギーへアクセスする

「今この瞬間にいる」練習を定期的にしておくと、いつもの可能性をはるかに超えるエネ

ルギーが与えられ、潜在能力が広がります。わたしが初めてスキーを習ったとき、初心者用のゲレンデで転んでばかりいましたが、練習で自信と経験が生まれると、すぐに上級者ゲレンデに立てるようになりました。スキーの能力もエネルギーも、同じように高められるのです。

わたしたちは、まわりにあるエネルギーの源からエネルギーを吸収し、自分の影響力を高めることができます。エネルギー源には、自然のもの、人工的につくられたもの、自分でつくったものの三種類があります。

厳密には、「吸収」よりも、「誘発」に近いです。科学のエネルギー原理も、物理学と同じように人間のエネルギーに当てはめることができますが、誘発とは、ある物体の電磁場の影響を受けて、まわりの物体が同じような電磁場をつくることです。たとえば、蛍光灯をつるし、電源を入れて点灯させ、その近くに電源に接続されていない蛍光灯をつるすと、電源に接続されていない蛍光灯も点灯します。魔法のようですが、科学的な作用です。

人間のエネルギーを測るには、ハンドルを握って圧力を測るシンプルな圧力半定期を使います。わたしは、１９８０年代にカルフォルニア大学デービス校で行われた室内実験に参加したのですが、そこで、被験者たちの圧力が次の三つの条件でどう変化するか測定したのです。

①片手に何も持っていないとき
②ただの水が入ったグラスを片手に持っているとき
③ほかの人が、「エネルギーで満たされている」と強く想像した水が入ったグラスを片手に持っているとき

ちなみに、どのグラスにエネルギーが与えられていて、そのグラスに与えられていないのか、実験者も被験者も意図的に知らされていません。結果は一貫していました。被験者が片手にエネルギーを与えられた水を持つと、握力は大幅に強まりましたが、普通の水を持っているときには、まったく強まらなかったのです。握力の測定を重ねるうち、筋肉の疲れによって握力は弱まるという予測でしたが、三つの条件を3回繰り返したあとにも、その結果は同じでした。握力が増したのは、**エネルギーが与えられた水のエネルギー源が、被験者のエネルギーの広がりを誘発したからだったのです。**

エネルギーの強い場所

世界中どこでも、いつの時代にも、どんな文化でも、自然のエネルギーがとても強い場所がありました。人間は、その場所から、何かを達成するためのエネルギーをもらってきたのです。ハワイに、「はるかなる丘」「強い願望」という意味の「プア・ロア」という場所があり、人々は、その地の強いエネルギーを信じ、自分たちの望みへの啓示を求めて魔術の記号や線画を岩石に彫りました。ポーランドのクラクフにある城では、数世紀にわたって何千人もの人々が訪れ、強いエネルギーを放つ大きな岩の上にある壁にもたれかかり、そのエネルギーをもらおうとしました。

エネルギーの強い場所は、たくさんの国に存在していますが、その場所に身を置き、あなたが求めるものに意識を合わせることで、その特別なエネルギーを受け取ることができるでしょう。

エネルギーとつながる

特別エネルギーの強い場所でなくても、自然界やほかの人のエネルギーとつながり、エネルギーをもらうこともできます。

木々と同じように、人間は、愛に満ちていて、力強いエネルギー源を持つ存在です。誰かパワフルな人を知っていたら、その人を抱きしめてみてください！　また、平和な場所で、ほかの人と互いに寄りかかったり、二人の人間の間に立ってみたり、人の輪のなかに座わってみてもいいでしょう。気分が穏やかになり、体がリラックスし、人と自分との間にエネルギーが流れ出し、大きくなり、自分にパワーが増すのを味わえるでしょう。ダウジング棒を使えば、洞窟、滝、丘の上の頂上、山頂など、自然界のエネルギーの高い場所をたくさん見つけられるでしょう。

自然界のものだけではなく、人工的につくられたものも、特に強いエネルギー源になります。今すぐに使えるエネルギー源を五つほど紹介しましょう。

エネルギー場をつくる人工的なエネルギー源

●八つのクリスタル（水晶）でつくられた円。なかにゆったりと座れるくらいの大きさのもの。すべての点を内側に向けます。

●ポリエステルフィルムとアルミニウムでできたスペースブランケット。キャンプのときに防寒として使うような物です。蓄電器のような働きをして、エネルギー場を作ります。この上に座るのが簡単ですが、毛布のようにかぶってもいいです。個人的には、耐久性に優れている強化ナイロン製の物が好きです。

●三つの花崗岩《かこうがん》でつくられた円。一つの花崗岩が最低でも直径15・24センチあることが条件です。

●木、銅、プラスチック、ガラスでできた棒を、12・7センチの倍数の長さで切りそろえます。両手に1本ずつ棒を持ちます。

●木、銅、プラスチック、ガラスなどでできた棒を、12・7センチの倍数の長さで切りそろえます。63・5センチの棒に切りそろえるのが一番効果的です。両手に1本ずつ棒を持ちます。地面に棒で三角形を作り、その三角形の中心に座ります。

自らがつくり出すエネルギー

わたしたちは、自分たちの生活環境のなかにあるエネルギー源――木、ストーン・サークル、水晶、人間、その他いろいろなもの――の影響を受け、充電していますが、**シャーマンのように、手元にある物体と自分の想像力を使って、自分でエネルギー源をつくり出すこともできます。**自分でつくったエネルギー源は、あなたの「お守り」とか「開運グッズ」になります。今度は、あなたが何かにエネルギーを与えるテクニックをお伝えします。

◆◆◆◆◆◆◆◆◆◆◆◆◆◆◆◆◆◆◆◆◆◆◆◆◆◆◆◆◆◆◆◆◆◆

《エクササイズ15》何かにエネルギーを与える

①自分の所有物、近くに置いてある物を一つ、手に取ります。硬貨、鉛筆、宝石、なんでも良いです。ここでは、硬貨の例でやってみましょう。

②硬貨を**右手**で握ります。（右手は、エネルギーを放出する抽象的な部位です）

③今、握っている硬貨に、エネルギーと幸運を与える力があるのだと思いましょう（だまされたと思って、幸運を送り込むイメージをしてください）。最初に、「これは自分が決めたのだ」と決断します。「ほんとうかな」という疑問は、一切持たないでください。自分がそう決めたのなら、それが真実になります。今は

硬貨を右手で握る

硬貨にエネルギーと幸運を与える力があると信じる

その真実に基づき、堂々と行動してください。「これは、わたしにエネルギーと幸運を与える力を持っています」と、自分に言い聞かせましょう。

④深呼吸をします。呼吸をするたび、宇宙からエネルギーを吸い込んで、握っている硬貨にそのエネルギーを吹き込みます。想像力を使うのです。温度が感じられます。硬貨に光や熱（好きな呼び方をしてください）が充電されていって、硬貨の分子構造が変化して、エネルギーを吸収したり、保存したり、維持できるようになります。硬貨のエネルギーの形が変わるのです。何かの感触や感覚をつかみ、何か想像できたら、次のように決断します。

「形が決まりました。準備完了です」

宇宙のエネルギーを吸い込み、硬貨に吹き込む

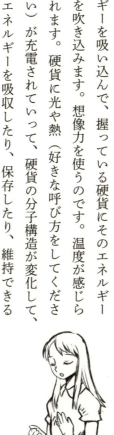

⑤手をリラックスさせ、もう一度深呼吸をし、硬貨を右手から**左手**へと移動させます。今この硬貨は、力の物体になっています。あなたが自分でそうしました。硬貨が手から移動して、腕を伝い、体全体を充電するように広がっていくのを感じましょう。あなたが思い出せば、その硬貨はいつでも幸運とエネルギーの源になります。

硬貨を右手から左手へ
移動させる

「ちょっと待って！『エネルギーの源になった』と自分が信じているだけでしょう？」と言われたら、まったくもってその通りです。**このエクササイズを、習慣にし、毎日その硬貨の力と目的を思い出すと、潜在意識が刺激を受け、その硬貨を触ったり、握ったり、注意を向けるだけで、いつでも充電可能になります。人間は、こんなふうに自分自身の力を持つ物体を簡単につくることができるのです。力の源は、あなた自身なのです。**

7 愛すると成功する

Kō ā uka, kō ā kai

高台にいるものたちも、海岸にいるものたちも
（分かち合えば、みんなの欲しいものが満たされる）

ハワイ語の「アロハ」は、愛という意味のほかに、「誰か、何かと今この瞬間に一緒にいる幸せ」「生命をわかち合う喜び」という意味があります。

愛は、目的のために流れるエネルギーを高め、広げます。**愛が大きくなるにつれ、エネルギーも増えていき、影響も大きくなるでしょう。**愛は、必ずポジティブな影響をもたらす性質を持っていますが、恐れ、怒り、疑念、支配によって愛のエネルギーを滞らせないよう、注意が必要です。

愛すべき「欲求」を持ってください。「意地でも手に入れてみせる」とか、なにかを奪い取るような気持ちとは違い、動機、やる気、意欲に近いかもしれません。「ああ、アイスクリームが食べたいなぁ」と思うような気持ちです。**自分が好きなもの、愛しているも**

のは、あなたの人生に入り込みやすいのです（恐れているものも同じです）。あなたが愛情を感じていれば、どんなものでも、ポジティブなやり方で、人生にエネルギーをもたらすことができるのです。自分の仕事、自分のスキルを愛している人は、成功しています。ときどき、優秀なスキルを持っているのに、それをお金に換えることに成功していない人がいます。才能があるのに、報われていないのです。**満足する報酬を得たかったら、自分を十分に愛し、報酬を得ること自体を愛することが必要です。**

愛を実践し、報酬を得るのに、「称賛の力」を使うと効果的です。**誰か・何かの良いところを挙げ、称賛し、感謝すると、あなたの潜在意識がそれに反応し、体がリラックスし、エネルギーの流れが増えます。**自分の意思ではなく、誰かに言われたからそうするのでも効果に変わりはありません。ぜひ、次のエクササイズを試してみてください。

◆◆◆◆◆◆◆◆

《エクササイズ16》「称賛の力」の実験

①パートナーに立ってもらい、両腕を肩の高さまで上げ、左右に伸ばしてもらいます。
②パートナーに「そのまま」と伝え、両腕をそのままの状態で保ってもらい、そのあ

と、パートナーの手首をつかみ、ゆっくりと下のほうへ押していきます。パートナーの普段の力を確かめるのが目的なので、無理やり押す必要はありません。

③パートナーにもう一度両腕を上げてもらい、その状態を保ったまま、誰かの**批判**を口に出してもらいます。終わったら、うなずいてもらいましょう。うなずいたのを確認したら、「そのまま」と伝え、再度、パートナーの腕を下のほうへ押していきます。最初より簡単に、もしかしたら劇的に簡単に押せるはずです。これは、パートナーの潜在意識が、批判を自分の　意見として捉えたからです（フナの第二の法則「限界は存在しない」を思い出してください）。

④もう一度同じように両腕を上げ、今度は、パートナーに誰かを**褒めて**もらいます。そうすると、パートナーの腕の力が増しているように感じるはずです。称賛の力によって、パートナーの身体がリラックスし、押さえつける力に抵抗するエネルギーが増したのです。

人間は、自分やほかの人を批判すると体が緊張し、称賛すると体がリラックスします。**悪口はストレスを生みますが、称賛はストレスを減らしてくれるのです。称賛ばかりに囲まれて生きられれば、あなたの健康状態はすばらしく良くなるでしょう。**では、**誰かに批判されたときには、どうしたらいいのでしょう？**　一番効果的なやり方は、**すぐさま自分で自分のことを褒めてあげることです。**称賛は、さまざまな成功への道を開いてくれるのです。

人間関係に問題を抱えている人はたくさんいると思いますが、称賛は、簡単で効果のある解決法です。どんな関係の相手にも、あなたがどんな意図で相手とコミュニケーションを取ろうとも、有効です。称賛よりも批判が多いと、関係が壊れていきますが、批判よりも称賛が多いと、どんどん関係が良くなります。**がみがみと小言を言うことも、あからさまに批判することと変わりないので、結果として人間関係を破壊してしまうでしょう。**相手がもっと良くなることもないし、あなた自身も幸せになれません。**どうしてもうまくいかない相手や集団がいるとしたら、それは、あなたが彼らに批判的な気持ちを持っているからです。どんな相手でも、その人の失敗に目をつぶり（少なくとも、「その人のいいと**

ころに比べると、全然大したことではない」と思うことです）、彼らのすばらしいところを褒めれば、うまくいくでしょう。悪口を言うのではなく、称賛してください。言葉でも、態度でも、そうしてください。これこそが、人間関係を良くするための、簡単な、そして本物の方法なのです。恋愛でも、相手のいいところを見て、称賛すれば、二人の関係がうまくいき、恋愛が成功します。

仕事での成功もまた、同じです。**自分の仕事のすべてを愛し、あらゆることを称賛していれば、必ず成功できるでしょう。**たまに、燃え尽きてしまう人がいます。成功する野心も、「いい仕事をしたい」という情熱も消え去り、仕事のことを考えるだけで気分が悪くなってしまうのです。なぜこんなことになってしまったのでしょう？　どんなにそれらしい理由をつけていても、結局、仕事について悪口ばかり言い過ぎて、称賛できることが何一つ思い浮かばなくなったのです。潜在意識に我慢をさせたまま、意識は「収入を得るために続けなければ」と思い、燃え尽きるまで頑張っているのです。解決方法は、称賛できるような仕事を新しく見つけるか、今の仕事の良いところ・ありがたい部分を見つけるか、どちらかです。仕事のいいところを見てください。すると、仕事の能率が上がり始め、喜びを感じ始めるでしょう。自分の仕事を愛するようになると、すべてがうまく回り始めるので、報酬も増えていくでしょう。もちろん、すべてを称賛しなくても、良いところだけでいいのです。**愚痴を言いたくなるようなところよりも、称賛すべき良いところをたくさん見つけてください。**

良いところを褒める、良いところを肯定する、良いところを高く評価する、良いところを期待することが、称賛の方法です。次の「称賛をするポイント」は、人生のあらゆる分野で、いつでも、誰にでも、何にでも使えます。

称賛するポイント

●**健康**――健康的な人、動物、植物。うまく作られているもの。エネルギーに満ち溢《あふ》れているもの。

●**幸せ**――人とモノの良いところ。見たり聞いたりした幸せのかけら。自分のまわりにある、幸せの可能性のあるもの。

●**豊かさ**――今、自分が置かれている環境にある豊かさの一つ一つ。使ったお金すべて。金銭価値のあるものすべて。世のなかに出回るお金すべて。

●**成功**――何かが達成される、完成される（ビルや橋の建設やスポーツイベントの開催などを含む）こと。何かが無事にどこかに到着したこと（船、飛行機、電車、車、人間）。前向きな動き。何かを貫き通すこと。楽しみ、面白さのかけら。

●**自信**――まわりの人や動物が持つ自信。人、動物、物（たとえば鉄やコンクリート）が持つ強さ。安定の象徴（山や高い木など）。役立つ力（大型機械や送電線）。

●**愛や友情**――すべての思いやりの象徴。人を慈しみ、支えること。自然界や建築物に存在している調和。優しい触れ合いに通じるありとあらゆるもの。協力、笑い、楽しいことを象徴するすべてのもの。

●**心の平穏**――静けさ、落ち着き、平和、平静さを表すものすべて（静かな水面や大気など）。遠景（水平線や星、月）。美しい景色。すべての美しい色、形、感触（自然界のもの、人工的なもの問わず）。

●**スピリチュアルな成長**――成長、発達、変化の兆し。夜明けと日の入り、太陽、月、星、惑星の動き。風や海の動き。

以上のことだけに限定せず、思いつくものは、どんなものでも称賛の対象になります。たとえば、減量をしたい人は、ほっそりとした動物、細い棒を称賛してもいいのです。

わたしも、この称賛の力を使って、自分の体調を整え、収入を増やし、自分のスキルを向上させ、妻と子どもたちとの愛情深い関係を築き、アロハスピリットを世界に伝えるネットワークを拡大させました。**称賛の力がどれほど偉大か身に染みてわかっているので、皆さんと分かち合いたいのです。**皆さんもぜひ、一人でも多くの人たちと、この力を分かち合ってください。

「ポジティブな情熱」

日常生活で愛を実践する方法は、ほかにもあります。ハワイ語の「カウヌ」は、「ポジティブな情熱」「何かに夢中になること」「情熱をもって取り組むこと」という意味です。**「ポジティブな情熱」とは、「意地でも手に入れてみせる」という気持ちで何かを欲することではありません。**何かに固執すると、壁が現れ、膨大なストレスと軋轢《あつれき》が生まれ、成果が限られてしまいます。ここで言う「ポジティブな情熱」とは、「何かを思い切り満喫する感覚」です。**心底夢中になって何かに取り組むと、それがどんなものでも、ずっと楽に手に入り、実行し、実現できるのです。**

何かを純粋に楽しみ、情熱を傾け、愛情を持つことは、壁を突破し、恐怖を克服し、疑いに打ち勝つための方法です。あなたが、自分が情熱を傾けるものをどう思い、どう感じているのかを外の世界に発信すると、それが情熱を傾けるもの自体に影響を与え、実現する準備が整うまで、どんどん成長していきます。

どんなものでも、あなたが心から愛し、愛情を傾けたものは、楽に実現するのです。

ポジティブな情熱を高めるエクササイズをしてみましょう。

◆◆◆◆◆◆◆◆◆◆◆◆◆◆

《エクササイズ17》「ポジティブな情熱」を高める

①人生にもたらしたいものを思い描いてください。変化、手に入れたいもの、健康、人間関係、お金、仕事、どんなものでもかまいません。手に入れやすいかどうかはいったん忘れて、ただ、思い描くのです。

②自分のまわりで、特にエネルギーが強いと感じるものを見つけましょう。電球、ろうそくの明かり、換気扇、クリスタルなど。

③そのエネルギーの源に注意を向け、そのあと、頭、心臓、へそ、もしくは自分がエ

ネルギーを注入したい体の場所を見つけ、そこへ注意を向けます。すると、そのエネルギーを情熱へ変えることができます。

④自分の望みが実現すると、どんなに楽しい気分になるのか、思い切り想像をしてみましょう。その気分を十分に味わい、感情をありのままに出してください。実現したときの感覚を満喫することに集中してください。恐れや疑問が浮かんできたら、「それは後にしてください。今は、楽しむことに集中します！」と言葉にし、それを手でつかんで横へ捨てるジェスチャーをしましょう。満喫している気持ちにできる限り浸ることです。

⑤気持ちがピークに来たと感じたら、中止し、力を抜き、リラックスしてください。時間があるときにまたやってみましょう。

◆◆◆◆◆◆◆◆◆◆◆◆◆◆◆◆◆◆◆◆◆◆◆

このエクササイズをすると、「自分が手に入れたいものについて、もっと明確にしなくては」と感じるかもしれませんね。ここで大切なのは、「何が欲しいか」であり、「何が欲しくないか」ではありません。いいですか、**欲しいもののこと、楽しいこと、ポジティブな感情を満喫することに集中するのです。**うまく想像に集中できないときには、「どうしてもやりたいです！　どうしても！」と言葉にするといいでしょう。

このエクササイズを不快に感じる人もいます。過去の失敗が、情熱を感じることをブロックしているのです。そういうときには、一気にやり遂げようとしないで、段階的に進んでいって、ポジティブな感情に少しずつ慣れていくようにしましょう。

エネルギーを高めるのに、愛と情熱ほど力を持つものはありません。どうか、手に入れたいこと、実現したいことに思い切り情熱を傾けてください。それこそが、「最強で最高の方法」なのだと忘れないでください。

8 自分の影響力を広げる

Ukuli'i ka pua, onaona i ka ma'u

どんなに小さな花も、まわりの草地に香る

右の格言は、**「小さなものが大きな影響力を持つ」**という意味です。世界共通の概念ですが、ハワイ語になると、なぜだかとても詩的です。

アロハには、「愛」のほかに、「友情」「受容」「思いやり」「慈悲」「感謝」「援助」「協調」「愛情深い性」という意味があります。「アロハの精神」は、ハワイの伝統から生まれ、ほかの文化と同化し、世界中と分かち合うことで、発展してきました。誰かを温かく受け容れ、誰かにほほ笑みかけ、困っている人を助け、感謝の気持ちを抱き、友情を表し、誰かに嫌なことをされても許す。そんな、すべての源を愛とみなす、最もパワフルな考え方です。それは、ハワイだけではなく、世界中の誰もが分かち合える考えと行動です。美しい花々を育て、世界中に分布させるのと同じように、愛を育み、世界中にその力を広げていくことができるのです。

「分かち合い」の力

わたしは、カウアイ島に住んでいた20年間、ほぼ毎週、わたしが設立した非営利団体『アロハ・インターナショナル』の活動の一端として、哲学、文学、ハワイの伝統を話し合う会を開いていました。大切にしていたのは、毎回最初に参加者全員に名前、出身地、そして最近自分に起こった出来事を話してもらうことでした。わたしたちが生きる社会では、どちらかと言うと、悪いこと・うまくいかないことばかりを分かち合うよう促されますが、この会では、自分が受け取る前向きな「利益」のほうに着目し、それを皆に話してもらったのです。「自分はほかの人にプラスの影響を与えられるのだ」と感じることは、最高です。虹を見たこと、クジラを見たこと、友人が家に遊びに来たこと……その喜びの話を聞くと、誰もが自身の心にそれを再現し、幸せを感じ、顔を輝かせます。一人の人間が目にした虹が、分かち合いによって、突如として、25人が目にした虹へと変わります。誰かのありふれた出来事でも、その利益と恩恵を分かち合うことで、皆が幸せを感じ、グループ全体の喜びとエネルギーが高まっていくのです。

一人の人間の分かち合いは、小さな花のようです。たとえ、自分たちの存在や数がちっぽけだと感じていても、それは大した問題ではありません。どれほどの知識があろうが、技能があろうが、教育や資格があろうが、それは一番大切なことではありません。**ほんとうに大切なのは、「あなたが、まわりの世界にどんな影響を与えるか」ということです。**

小さな花のように、あなたはまわりの世界に影響を与えています。あなたが笑うと、ほかの人も幸せな気持ちになるのです。愛する二人が互いにほほ笑み合うのを見て、あなたも思わずほほ笑んでしまったことはありませんか？　声をあげて笑う子どもを見て、つられて笑ってしまったことは？　あなたが誰か一人を助けると、助けられた本人、それを見ていた人、それを聞いた人、皆が力づけられ、恩恵を受けます。あなたが愛を持って行動をするたび、一度も会ったことのない誰かの成長の種さえ、まくことになるのです。小さな花の香りと同じように、あなたの行動は、あなたが今、認識している領域をはるかに超え、広がっていくのです。

政府機関、大企業、組織宗教と比べると、個人の人間は小さな花のようかもしれません。それでも、自分が信じる簡単な行動を取るだけで、大勢の人たちの行動を変えることができるのです。人は、あなたのすべての言葉、考え、行動に何かを感じ、反応するのです。「すべて」とは、まさに言葉通りの意味です。言葉や目に見えるものの影響を知るのは簡単ですし、すぐ近くにいる人のカリスマ性や感情を知るのは、もっと簡単でしょう。では、「考え」はどうでしょう？　フナの観点では、すべての「考え」は「祈り」です。テレパシーの生き物であるわたしたち人間は、絶えずテレパシーを受け取り、送っています。あなたは、ほかの人たちに反応し、ほかの人たちは、あなたに反応します。**人は、誰かに自分の考えをコントロールされるのを恐れますが、ほんとうは、そんなことは誰にもできません。でも、ちょうど小さな花の香りのように、ほかの人に「影響を及ぼす」ことはできるでしょう。**香りが良ければ、反応が良くなり、香りが悪ければ、反応も悪くなるでしょう。わたしたちの考えが、自分をとりまく出来事に反映され、展開していくのは、当たり前のことなのです。

自分の考えることすべてが、この世界に存在する人間、植物、動物、元素、物体に影響を及ぼすなんて、恐いくらいです。怒り、脅し、復讐など、いつの時代も人間が考えつくありとあらゆるひどいこともまた、目には見えないレベルだとしても、世界に影響を及ぼし続けているのです。

フナの教えでは、「宇宙の本質は愛」だと言っています。愛は成長への衝動です。意識、技能、幸福を高めたいという欲求です。宇宙とすべての個は、より偉大な愛を目指して動く法則を持っていますから、愛に反するものはすべて、宇宙の摂理に逆らっています。愛の力は、石が坂を転がり落ちる引力のようです。引力に逆らって石を動かすのと同じように、愛に反して効果を上げようとすると、途方もないエネルギー量が必要になるのです。「ちょっと待って！」と、あなたは言うかもしれません。「じゃあ、世の中のすべての有害な効力は、どうなのですか？　戦争、病気、残虐行為、公害であふれているではないですか！」と。

有害なことが効力を発揮しているように見えるのは、すでにその方向に途方もない量のエネルギーの流れがあるからです。地球という惑星に生息するさまざまな種が生んだ、あらゆる恐れや怒りの思考のエネルギーです。**一人の人間が怒りや恐れを持って何かを考えると、それがすでにある怒りや恐れのエネルギーと結びつき、さらに自分自身のエネルギーのかけらが加わり、負の考えがどんどん増えてしまいます。**それでも、愛とその効果は、愛のないどんなエネルギーよりもはるかに大きく、長く続くのです。悪いことが広がっていて、それしか見えなくなっていても、その背景には、もっと大きな愛があるのです。**「愛の考え」は、過去の怒り、恐怖をベースにした考えがもたらす負の影響を帳消しにしてくれるのです。**そして、その逆、つまり、愛に満ちた考えが、恐れや不安によって帳消しになることは、絶対にありません。

「愛の考え」

「愛の考え」とは何なのでしょう? 意識、スキル、幸福を増やすすべての考え方、ポジティブな宣言、自分やほかの人のための祈りも、すべて「愛の考え」です。友人や見知らぬ人への褒め言葉、日の出や夕日の美しさを感じる心、贈り物への感謝、向けられた悪意を許すこと、平和を願う強い思い、より良い未来への希望、成功と繁栄を想像し、行動を起こすこと、すべて「愛の考え」なのです。善へ向かうすべての考えは、愛に溢《あふ》れているのです。

今わたしたちにほんとうに必要なのは、「愛の考え」です。花の例えに戻ると、わたしたちは、花は偶然にいい香りなのだと思っています。でも、ほんとうは、特定の動物を招き、受粉をしてもらうために、わざわざ香りを放ち、受粉の報酬として動物に花蜜を差し出すのです。試しに道端の花で確認してみればわかりますが、花は、動物の自然の活動に合わせて、香りを放つ時期さえ選んでいます。まるで、花が明確な意図をもって影響を及ぼしているようです。

小さな花と同じように、**あなたが意識的に意図した考えは、偶然に思いついた考えよりも、力を持ちます。「影響を与える」という気持ちがあれば、さらに強力です。**「今ある善を増やす」という意図は、もっともっと強力でしょう。

たとえば、次の二つの思考のうち、一番目よりも、二番目のほうが、はるかに効力が強いのです。

①「欲深い開発者が、南アフリカの熱帯雨林をこれ以上焼き尽くしませんように」

②「熱帯雨林を維持し、保護しようとするすべての人たちに、もっと多くの勇気と自信と成功が与えられますように」

一番目は、あなたの精神的エネルギーを何かに対して戦わせています。一方、**二番目は、強まっている勢いにさらにエネルギーを与えているのがわかりますか？**同じように、**自**

分自身の健康でいうと、「病気を治している」と考えるよりも、「健康状態が良くなっている」と考えるほうが、病状の回復に効果があります。病気から遠ざかり、健康になろうとする本来の前向きなエネルギーに、さらにエネルギーを与えているからです。

一輪の小さな花がまわりの草地にまで香りを漂わせるのですから、それが百万本集まれば、その香りは風に乗って世界の果てまででも運ばれるかもしれません。それは、人間もまったく同じです。たくさんの国で、意識的に、意図的に、愛の精神を実践している人たちの輪が広がり、影響力が強まってきています。愛の力は、偉大なのです。

ほんのわずかな歩みだとしても、もう始めたには違いないのです。たとえ、資源がわずかでも、人数が少なくても、たくさんの人たちの人生が良い方向へ向かっています。世界の急激な変化は、内なる力の結果です。外からの力ではありません。地球のはるか片隅にいる人たちは、わたしたちの小さな花の香りを吸い込みながら、かつては不可能に思えたことを実行しています。

世界中で起こる無意味な暴力、伝染病、悲劇、公害がすべてを覆い、愛が見えなくなるときには、どうか視点を変えて、一つ一つの小さな花がつくり出し、広げていっている善に目を向けてください。外国の子どもたちが、より健康に、より良い人生を送れるよう助けている人たちがいます。彼らは、環境保護のため、企業と政府を監視しながら、自然から搾取せず、協調する新しいやり方を開発しているのです。コメディアンの数が増えていること、愉快なテレビ番組が存在していることに感謝しましょう。世界中のすべての国に、物事をより良くするため必死で努力している人たちがいて、**わたしたちの彼らに対するポジティブな考えすべてが、彼らの助けとなるのです。**

壮大な理念を持ち、偉大なプロジェクトを実行するのは良いことですが、それだけが物事を成し遂げる方法ではありません。**日常生活でアロハの精神を実践することが、もう一つの有効な方法なのです。**わたしがこれまで経験したアロハの精神のなかで、もっとも革命的で、勇気づけられ、わくわくしたのは、「親切な行いと無意味な美を手当たりしだい実践すること」でした。公衆電話や新聞受けの上に硬貨を残したり、何の期待もしていない人に突然プレゼントを贈ったり、頼まれもしないのに雑草を抜いたり、ごみを拾ったりすることで、「要求を満たすため」という普段の思考と行動パターンを手放すのです。見知らぬ人にこういうことをするのも楽しいですが、ちょっと大胆になって、家庭でもやってみるといいでしょう。この行為を『スピリチュアル・ゲリラ』と呼ぶことが多いですが、わたしは、『親切な妖精さん』のほうが好きです。

テレパシーで愛を送るのは、また別のアロハの精神の実践です。屋外の居心地の良い場所、屋内でも、外の景色を見渡せる場所でできる簡単なエクササイズがあります。横になっていても、座っていても、立っていても、歩き回っていても大丈夫ですが、目は開けておいてください。

《エクササイズ18》テレパシーで愛を送る

①あなたは**花**であり、**香り**を放つ準備をしていると想像してください。お気に入りの花とお気に入りの香り、もしくはどちらか片方を選びます。実際に手元にその香りがあれば、あなたの想像を助けてくれるでしょう。

②少し時間をかけて、香りを届けたい物、目的を決めます。家族や友人の一人、あなたが信頼する仕事をしている組織、植物、動物でもいいです。あなたの香りが彼らに力とエネルギーを与え、彼ら自身、あるいはほかの人や物の利益になることを感じてください。

③最後に、香りを空中に放ち、その香りがあなたの行ってほしい場所に向かい、あな

たのしてほしいことをしているのだと想像してください。そして、あなたの好きな言い方で、「このことは事実である」と宣言をして、終わりにします。

◆◆◆◆

古代のハワイの人々は、よく、人間を詩的に象徴するのに花を用いましたが、次のような格言もあります。

Mohala i ka wai ka maka o ka pua
花々の顔は、水によって開かれた

人間は、状況が良ければ成功します。**小さな花々がどんどん増え、愛に満ちた影響力を広げていくように、わたしたち人間も、皆で力を合わせ、前向きな状況をつくり出すことができるのです。**

9

お金との関係を変える

I kani no ka 'alae i ka wai

アメリカオオバンは、水のそばで鳴く

（豊かな人は、権力に話しかける）

ここまで、この本をよく理解していることを確認し、シートベルトを締め直してください。これから、一番話しにくいテーマ、「お金」について話しましょう。

「繁栄」「富」「成功」「たくさんある」……どれもすばらしい言葉ですが、潜在意識には良い影響を及ぼしません。潜在意識は、現実的で、想像力がないので、抽象概念を理解できないのです。たとえば、「繁栄」という言葉だけでは、潜在意識が特定の何かをとらえることができないのです。栄えていて、盛んであれば、何でも「繁栄している」と言えるのですから、それはアリのことかもしれないし、雑草のことかもしれません。「たくさんある」というのも、「不足物がたくさんある」「請求書がたくさんある」「問題がたくさんある」など、どんな意味にもなり得るのです。「成功」も同じです。勝つことに成功することもあるし、負けることに成功することだってあるのです。**潜在意識に話かけ、潜在意識をプログラムし、最高の結果を得るには、特定しなければなりません。**

ここでは、お金のことを特定して話しましょう。あなたがお金に満足できるようになると、人生にもっとお金をもたらすことができるでしょう。

お金との関係

潜在意識は、人からお金を遠ざけることもできます。人は当然、お金がたくさん欲しいと思っていますが、潜在意識は、人がお金を手にしたとき、すぐに寄付をしたり、なくしたりさせて、その人のポケットにお金が残らないようにしてしまうのです。お金を手にするためには、まずお金に満足することを学ぶ必要があります。

驚くべきことに、どんな言語でも、「お金」という言葉に強い反応を示す人たちがたくさんいます。あなたがどんな反応をするのか、今から見てみましょう。

《エクササイズ19》お金にどう反応するか知る実験

①体をリラックスさせ、目を閉じ、自分の体を感じてみましょう。

②「お金」という言葉を4回繰り返したら、次に3回繰り返します。それをセットにして、数回繰り返します。

お金、お金、お金、お金、

お金、お金、お金。

お金、お金、お金、お金、

お金、お金、お金。

お金、お金、お金、お金、

お金、お金、お金。

お金、お金、お金、お金、

お金、お金、お金。

◆◆

③次に、自分の体に尋ねてみます。「この言葉にどんなふうに反応しましたか？」

気に入ったら、あとでこれをもう少し長くやって構わないのですが、今どんな気持ちになっていますか？　身をよじらせるような感じでしたか？　体のどこかがチクチクしましたか？　肯定的、それとも否定的な感情でしたか？　喉が締めつけられましたか？　体のどこかが痛かったですか？　これまで経験したことが記憶として浮かんできましたか？　何か絵が見えましたか？

あなたの反応がお金との関係を知る手がかりになります。もし、反応に問題があれば、「なぜお金が手に入らないのか」と考え始めるかもしれません。いずれにしても、強い反応があるのなら、それは、あなたにお金に対する信念があるということです。たとえば、たった今、お金がないのなら、この強い反応と信念こそが「お金がない」理由です。肯定的な反応があるなら、それは、この分野で今後、進展できる良い兆候でしょう。反応が何もなければ、すぐにでもお金を正しく評価することが必要でしょう。

わたしたちのほとんどが人生でずっと続けてきた「反お金運動」というものを見てみましょう。これまであなたは、いったい何回、「お金は諸悪の根源である」という考え方を耳にしてきましたか？　おそらく、聖書にもこの言葉が書かれていると聞いたことがあるでしょう。でも、ほんとうのところ、それは事実ではありません。聖書の『パウロによるテモテへの第一の手紙　第6章10節』のなかの正確な言葉は、「金銭を愛することは、すべての悪の根源である」です。**パウロは、神の愛や良い行いよりもお金への愛を優先させることを非難しているのであって、お金を非難することも、お金持ちを非難することもしていないのです。**

もう一つよく耳にするのは「お金は権力であり、権力は堕落する」ということですが、これは、イギリスのアクトン卿が19世紀の政治について書いたことを、間違って引用しています。実際には、「権力を持つと堕落しやすい。そして、絶対的権力は、間違いなく墜落する」と彼は言ったのです。あなたが政治家になるつもりなら、このことを考えたほうがいいかもしれません。

「お金持ちは無慈悲だ」「お金持ちになるには、ケチになって、いかさまやペテンをしなければならない」「お金は、人をなまけさせ、卑劣にし、モラルを失わせる」そんなふうにずっと教えられてきたとしたら、「お金がたくさん欲しい」と口に出すことさえためらうでしょう。生まれてこのかた、たくさんのお金を手にすることがなかったのなら、おそらく「欲しいと思ってはいけない」と思ってきたのです。

おそらく、**「貧しさは美しく、お金持ちが天国へ行くのは難しい」という説教や、カルマ（宿命）や神の意志について語る宗教教育を受けてきたのでしょう。**あなたが、「貧しさは神の意志で、変えることのできない運命だ」と受け入れるのなら、この章を読まないほうがいいかもしれません。でも、わたしは、「そうではない」と言いたいのです。聖書が全体を通して説いている神の教えは、豊さについて、そして神の子どもたちにもたらされるすばらしいものについてなのです。神は、大きな羊の群れ、広々とした野原、莫大な財産をアブラハムに与え、さらにヤコブにも与えました。イエスは放浪をしていましたが、自ら断つとき以外は、食べ物や宿に困ることは決してなく、神が与える寛大さ、富について語っているのです。

あなたは、あなた自身が認識していない、潜在意識にとどまっている信念に従って、いつも同じ行動パターンを取り、同じ状況に自分を置き、お金がたくさん手に入らないようにしてきました。でも、その信念をはっきりと認識できれば、それを変えられるでしょう。**この地球は豊かになれる可能性で溢《あふ》れていて、それは、あなたのためにあるのです。**あなたは、ただ、受け容れればいいだけなのです。

お金の役割

残念なことに、お金の役割を理解し、正しく評価している人は、ほとんどいないようです。それが、お金が不足する大きな原因になっています。

わたしのワークショップでは、テーブルの上に高額紙幣を置き、そのお金が何かを起こすのを待ちますが、もちろん何も起こりません。なぜなら、お金自体に力はなく、人間がお金に力を与えているからです。

お金は、単に、物やサービスと交換する手段でしかありません。それがすべてです。「お金」とは、今日多くの人々に使われている、型打ちされた硬貨や印刷された紙幣だけではなく、物やサービスの交換手段として使われるものなら、何でもかまわないのです。お互いの欲しいものが一致している場合は、物々交換でもいいのです。

古代のハワイの島々では、タパという木の皮でできた布の一種を束にしたものを、古代のアフリカでは、コヤスガイの貝殻をお金として使っていました。西太平洋に浮かぶミクロネシアのヤップ島では、用途に合わせて、車輪のような丸い形をしたサンゴ、水晶、アメリカドルの三種類が使われています。

世界中、いろいろな社会や文化で、そこに暮らす人々にとって価値のあるものがお金として使われてきました。お金の価値は、常に気まぐれなのです。

「本質的な価値」と「与えられた価値」の間には、大きな違いがあります。たとえば、金《きん》には、宝石や装飾品としての「本質的な価値」があります。輝きがあり、色あせず、ほかの金属とよく混ざり、より丈夫なものを作り出せるからです。一方で、成功の象徴や悪霊を払う魔除けとしての価値、そして特に、一つのお金の形態としての価値というのがあります。これらは、誰かがなんとなく決め、ほかの人たちもそれに賛同した、「与えられた価値」です。また、どんなに希少なものでも、人が買いたがらなければ、価値がつきません。

お金として使われる通貨は、人が「価値がある」と信じることで、その価値がつくのです。どんなに美しいデザインも、実際の紙幣や硬貨自体に本質的な価値があるわけではないのです。

自分の価値を高める

あなたが売る物やサービスの金銭的な価値というのは、それを買う人たちが、そこにどれだけの価値を見出すかで決まります。さらに言えば、**その価値は、物やサービスの本質的な価値よりも、彼らがあなたをどのように認識しているのかが大きく影響します。**

わたしはあるとき、ロサンゼルスで、マッサージ師の免許を取るコースを受けました。わたし以外の参加者は、マッサージ師として生計を立てることが目的でした。受講中、「お客さんにマッサージ料金を請求してくるように」という課題が出されました。ここで思い出してほしいのは、クラス全員が同じマッサージをしていたことです。お金を取らなかったわたしを除き、一時間のマッサージと引き換えに一番安い値段を請求したのは、優しくて内気な若い女性で、それは10ドル〔約1200円〕でした。一方、最も高い値段をつけたのは、大柄で自信満々の若い男性で、1時間100ドル〔約2万2000円〕でした。残りの人たちは、ほとんどが35ドル〔約4200円〕前後でした。全員、まったく同じマッサージをするのに、ですよ！

マッサージの値段の違いは、マッサージが持つ本質的な価値ではなく、マッサージ師が与えた価値の違い、つまりは「マッサージ師の違い」だったのです。

自分の価値を高める第一ステップは、あなたの価値を決めるものを知ることです。ほかの人は、どんなふうにあなたを認識していて、何がその認識に影響を与えているのでしょうか？

あなたの価値を決めるもの

①**あなたのエネルギー**——6章でお話しした、ほかの人に影響を与える特別な能力、カリスマ性の別の言い方です。**カリスマ性が強くなると、あなたの価値も高まります。**

②**あなたの認識**——ほかの人と関わるときのあなたの「あり方」です。**あなたが自分自身についてどう思い、感じているかをほかの人に示します。**あなたの「あり方」は、服装、自分自身や自分の仕事について語るときの話し方、無意識に出している肌の色合い、筋肉の緊張の微妙な変化、フェロモン（印象に影響を与える強い香り）で示しています。

③**あなたの期待**——「あなたが、まわりにいる人たちをどう思っているか」です。あなたが、友人、家族、職場の人たち、顧客に「こうしてほしい」と期待すること、そして、彼らがあなたの期待に応えてくれなかったときのあなたの反応です。

④あなたの態度――「あなたが、自分の収入に関わる人たちにどんな態度をとるか」です。依頼人、顧客、仕入れ先、債権者、交渉相手など。**あなたの態度によって彼らの気分が良くなれば、彼らはあなたが稼ぐのを助けてくれるでしょう。**

何があなたの価値を決めているかわかったところで、今度は、あなたの価値を高めるのを助ける「自尊心」「自信」「特別な価値」について見てみましょう。

自尊心

自分を取り繕い、ほかの人と自分を比較することに時間を費やすような自尊心は、持ちすぎないほうがいいでしょう。ほんとうの自尊心とは、あなたが自分自身の物差しで見て、自分で決断し、自分だけの価値を高めることで得られるのです。決断する練習として、以下のエクササイズをしましょう。

◆◆◆◆◆◆◆◆◆◆◆◆◆◆◆◆

《エクササイズ20》決断する

①「わたしは、お金と引き換えに、ほんとうに貴重で役に立つものを提供しなければいけない」と、あなたの独断で決断してください。「事実」、記憶、以前誰かに言われたことを基準にしないことです。**1日のうち1分**だけ、この決断をする練習をします。それを**1日5分**に延ばし、**1時間**に延ばし、**丸1日**に延ばしてください。

②「わたしは自分の決断を疑いません」と決断します。それをまた同じ時間をかけて、練習します。

自信

自信もまた、持ちすぎないことです。できないことをやろうとするのが危険だからとか、思い上がると判断を誤るからではありません。愚かさや無知について話しているのではないのです。**ほんとうの自信とは、「自分が知っていることは何か」「自分が知らなければならないことは何か」を知ることです。**あなたのまわりで起きていることに気づき、考えられる一番良い方法でそれに対処できると、あなた自身を信じることです。最善の結果を期待しながら、誰かに助けを求める自信を持つことです。そして、**最終的に、「自分にできることはすべてしたのだ」と自信を持つことなのです。**

特別な価値

たくさんの人たちが、「すばらしい待遇には、商品やサービスよりも、そしてお金よりも価値がある」と思っています。人々は、より良い待遇を受けるためなら、ほかよりも高い製品やサービスに余計にお金を支払うのです。

「すばらしい待遇」「より良い待遇」とは、商品やサービスの提供の仕方、お金を払ったものとは関係のない特別な商品やサービスが追加されること、何か問題があったときのフォローです。

わたしが車を買うとき、数あるディーラーのなかから一つを決めたのも、それが理由です。値段が納得できるものだったというのもありますが、追加料金なしで追加のサービスをつけてもらった上に、望めばいつでも無料で洗車してくれ、困ったときにいつでも丁寧に対応してくれる。そんな追加の「特別な価値」が決め手でした。

インターネットプロバイダーを決めたときもそうでした。わたしが気に入って数年間使い続けたプロバイダーは、小さな会社だったので、追加機能も値下げもありませんでしたが、わたしが電話をすると、直接担当者と話ができました。その人は、いつもわたしの名前を憶えていてくれて、困ったときには必ず時間を割き、迅速に、なおかつ根気よく対応してくれたのです。

売る側は、追加機能や追加サービスを特別な価値として提供します。でも、**多くの人たちにとって、親切であること、礼儀正しさ、個人的にサポートしてもらえること、それらの価値に勝るものはないのです。真心を持てば、結果的に、それがないときよりもずっとたくさんお金を稼ぐことができるでしょう。**

十分の一税

お金に関する議論は、「十分の一税」という、大きな誤解をされている習慣について話さない限り、完結しません。

十分の一税という言葉は、もともと宗教団体への寄付金という意味でしたが、近年では、「種まきと繁栄」という一つの信念になっています。「収入の10パーセントを誰かや何かに与えると、宇宙は、魔法のように１００パーセントを返してくれる」という考えです。これがうまくいっている例もあるので、信じる人は多いですが、大抵は失敗している事実は無視されがちです。

収入のたった10パーセントを寄付するだけで、宇宙がその十倍以上を返してくれるとしたら、なんてすてきなことでしょう。貧困問題も、一瞬にして解決されるでしょう。では、現実にそうなっていないのは、なぜでしょうか？　宇宙の通貨は、信用と期待で成り立っていて、宇宙は、あなたが与えた通りに正確に返します。もう一度書きます。**宇宙の通貨は、信用と期待で成り立っていて、宇宙は、あなたが与えた通りに正確に返します**（出版社に手紙を書かないでください！　誤植ではなくて、あえて同じことを二度書いたのです）。

十分の一税があなたの金銭的な繁栄をうながすとき、つまり、あなたがお金を与え、それ以上の報酬を得るときには、そうなる条件が二つあります。一つは、**あなたが「ほんとうに報酬を得られる」と疑いなく信じられたとき、宇宙は、その信念と同じだけのものをあなたに返します**。疑いを持ちながら十分の一税（割合はどうでもいいのですが）を納めても、良い結果は得られません。もう一つは、**あなたがお金を与え、なおかつ「自分は豊**

かである」という思いが高まったとき、宇宙は、その思いと同じだけのものを返します。**宇宙の力を無条件に信頼し、十分の一税を納めたときに初めて、期待に沿ったものを受け取る**のです。十分の一税を納め、より豊かな気持ちになれば、その気持ちの強さの分だけ報酬を受け取るでしょう。

受け取る側にとって、十分の一税が良いものであることに疑いの余地はありません。あなたが与えることだけを目的にして行動を起こすなら、あなたに返ってくる恩恵は、金銭的なものかどうかに限らず、間違いなくほんものとなるでしょう。

最後に、フナの観点から見た「お金」をおさらいしましょう。

フナの観点から見たお金

- お金は、あなたの考えそのものです。
- お金には、限りがありません。なぜなら、手に入ると信じる分だけ、手に入るからです。
- 豊かさは、期待に沿って増えます。
- もっとお金が欲しいのなら、今すぐにすべきことから取りかかりましょう。
- 豊かになる力は、あなた自身から生まれます。

●お金儲けのための一つの方法がうまくいかなければ、あなた自身を変えるか、あなたの行動を変えましょう。

10

宇宙の法則に従ってパターンを変える

Ana ʻoia i ka hopena
真実は、成果によって測られる

わたしたちは、「可能性」と「見込み」の世界に生きています。

「可能性」とは、宇宙の本質に従って起こる可能性があることすべてを指します。フナの**第二の法則「限界は存在しない」が教えるように、宇宙は限りがなく、すべてのものに可能性があるのです。**

一方、ある特定の範囲、限定されたもののなかから生まれ、より高い実現性を持つ可能性を「見込み」と言います。**より早く、より確実に成果を出すためには、あなたの「見込み」を新しく立てる、あるいは変える必要があります。**

見込みは、「パターン（型）」から生まれます。パターンとは、植物でいえば、種です。ドングリの種からリンゴの木は育ちません。植物のパターンである種を植えると、その種から一番芽を出しそうな植物が出るのです。そして、ドングリの種には、土のなかにいるときにリスに掘り出されたり、若芽をシカに食べられてしまったり、木になっても薪《まき》にするために切り倒されたり、巨大なカシの木になったりする見込みがあります。それらすべての見込みは、ドングリというパターンから生まれます。**自然界のものも、そうでないものも、植えられた種から見込みは生まれるのです。人間であるあなたにとっての「種」とは、あなたの思考パターンと行動パターンのことです。この種、つまり思考と行動パターンを変えない限り、あなたの望む見込みは生まれないのです。**

思考パターンと行動パターンを変える

とてもシンプルなことです。**何かを変えたいと思っているのなら、変える必要があります。**人生に新しいパターンをもたらし、新しい経験を引き寄せたいのなら、現在のあなたの態度と行動を変えねばなりません。人生という大地に新しい種をまき、人生というゲームのルールを変え、人生というメニューのなかから別のものを注文するのです。「行動を変える」という概念さえつかんでいれば、どんなやり方をしてもいいでしょう。

今のあなたの生活に、気に入っているもの、持ち続けたいものが存在していて、それを維持するため、これまで通りの態度と行動をとり続けたいと思うかもしれません。でも、何かの「存在」は、必ずどこかのポイントで変化を必要とします。「変化」もまた、宇宙の法則ですから、大なり小なり、何かを変えねばならないときが来るのです。**あなた自身を変えることなく、経験だけ変えようとしても、成果を得ることはできないでしょう。あなたの行動が、あなたが手にしているものをもたらしているのです。**あなた自身、出来事、世界に対する信念を何らかの形で変え、内面から変化を起こさなければいけません。

では、どうやって変化を起こすのでしょうか？　ここがほんとうに大切なところです。**幸せ、豊かさ、欲しいもののために変化を起こすには、どうしたらいいのでしょうか？**

判断、解釈、予測、焦点の四つのパターンを変える方法があります。

1　判断のパターンを変える

判断とは、ものごとを良いものか悪いものか判断することです。あなたが、ある状況を「悪い」と判断し、それに抵抗すると、状況を変えることがどんどん難しくなります。**現状に抵抗し、そこに意識を留め続ければ、問題もあなたのもとに留まり続けます。**あなたが自分の仕事、給料について「嫌だ」「耐えられない」「良くない」と言いながら、同じ道を歩き続けているとしたら、その状況は長引いているか、繰り返し同じような問題が起きているはずです。**何かを「良い」「悪い」「正しい」「間違っている」と判断すること、自分の感情と一生懸命戦うことをやめて、「どうでもいいや」と思いましょう。**自分の気持ちを抑え込むのではなく、ただ、ほんとうに心から無関心になり、**自分の感情と戦うために使っていたエネルギーを解放するのです。抵抗することをやめれば、望んでいない状況が自然と変わり始め、あなたの経験も変わり始めます。**もしかしたら、仕事が良い方向へ進展したり、もっと楽しく働けるようになったり、報酬が増えたり、何か新しいチャンスを手にするかもしれません。**それを否定する意識によって抑えつけられてきたことが解放されると、浄化の流れが生まれます。何かを否定的にとらえ、「〝悪い〟という判断」をしているとき、それに気がつき、「判断を変える」ことができれば、成功の確率が上がります。**これは、**フナの第一の法則「あなたの考えが世界をつくっている」**に従っています。

2 解釈のパターンを変える

「解釈」は、判断とは少し違います。ものの良し悪しを決めるのではなく、**ものが「特定**

のやり方・形で存在すべきだ」と決めつけることでしょう。

「わたしが一年で稼げるのはこれだけ。これが限界です！」と言う人は、自分で自分の限界を解釈しています。「わたしには、転職したり、状況を改善したりする才能がないし、経験もない」「女だから、その仕事にはつけない」「年をとりすぎているから、その仕事、その収入を得られない」「わたしには絶対にお金儲けができない」「お金を手元に残しておけない」「お金はいつも指の間から逃げていく」と言う人は、**事実を話しているのではなく、自分自身の「判断」から現実を解釈しているだけです。**もし、あなたがこのような解釈をしているのなら、それを続けている限り、状況はずっと変わらないでしょう。**状況を変える一つの方法は、現状への解釈を変えることです。**全体の状況を見て、次のように言いましょう。

「もし、これがほんとうのことではなかったら、どうだろう？」

もう一つの方法は、新しい考えがすでに実現しているかのように振る舞うことです。たとえば、こう言えます。

「若くなくても、転職をして給料を倍にすることができる」

目標を達成するため、現状を新しく解釈をすることから始めるのです。**フナの第三の法**

則は、「限界は存在しない」です――ただし、「あなたが限界を設けない限り」。

3 予測のパターンを変える

心の底から最悪の事態を予測していると、きっとそうなってしまうでしょう。予測は、魅力的な研究対象です。

1929年の株式市場の暴落の直前に、アメリカ南部で人気のレストランを経営している男性がいました。そこでは、価格の割に大皿の料理を提供していて、より多くの人に立ち寄ってもらおうと、高速道路のいたるところに看板を掲げていました。レストランを利用する人たちは皆、素晴らしい食事と素晴らしいサービスに満足し、ビジネスは、大規模に展開・拡大していきました。そこを襲ったのが不況でした。ところが、彼の事業は順調だったので、経営者の男性は不況など気にも留めず、どんどん人を雇い、人々は前と変わらず、旅の途中に彼のレストランを利用し続けました。

ある日、北部の大学に通う経営者の男性の息子が帰省し、こう言いました。

「父さん、何しているの？　今は不況なんだよ！　経済全体が崩壊していること、知らなかったのかい？」

「不況？　一体何のことを話しているんだ？」と経営者の男性は言いました。

「経済が崩壊しているんだ。父さんは、それがどういうことかわかっていないんだね」と息子は言いました。

「人が仕事を失い、お金が足りなくなって、市場に出回らなくなっているのさ。父さんも、今と同じようには経営していけないよ」

男性は教育を受けていなかったので、教育を受けている息子の言うことは間違いないと信じました。それで、店で提供する食べ物の量を減らし、余剰だと思う従業員を解雇しました。さらに、男性は考えました。

「あの高速道路の看板を出したままにするのは、お金がかかる。不況で来店する客が減り続けるのなら、必要ないだろう」

いくつかの看板が取り払われると、案の定、客の数は減り始め、商売は傾きました。客が来なくなったので、店内は薄汚れてきて、食事の質も悪くなり、ついには店をたたむことになってしまったのです。最後の日、経営者の男性は、店の扉を閉め、こうつぶやきました。

「息子よ、お前の言う通りだったよ。不況なんだな」

このケースで目に見えてわかることは、男性がある特別な言葉の意味を予想し、その予想が彼のビジネスの失敗を引き起こしたということです。不況（depressions）、抑制（repressions）、抑圧（suppressions）など、語尾に「sions」がつく英語は、そのことを信じなければ、意味を持たないのです。世界では、経済的に困難を抱えた地域があり、その隣の地域では、そんな問題はまったく聞こえてこないことがあります。お金がある人たちは、なぜあるのでしょう？　遺産だけではないでしょうし、搾取と決めつけることもできません。貧しい人にも、ほかの人を不当に利用する人はたくさんいますし、お金持ちにも、ほかの人を助ける人がたくさんいるからです。結局、富と成功の差の本質は、内面から生まれるのです。**不足していることに影響を受けない人たちは、足りないことに耳を傾けず、関心もなく、戦わず、恐れを持たないのです。**つまり、**彼らには、まったく違う予測があるのです。**その予測を無意識に吸収した人たちもいれば、苦労をして手に入れた人たちもいますが、そのおかげで、彼らは今、手にしたものを手にして、していることをしているわけです。あなたの予測とは、あなたの信念でもあります。あなたには、自分の予測を変え、人生に新しい見込みを引き寄せる能力があるのです。フナの考えで言うと、**「欲しいものに意識を向け、欲しくないものには意識を向けない」**ということです。

4 焦点のパターンを変える

思考の全体構造を変えれば、焦点が変わります。信念だけをあれこれと変えるのではなく、考えそのものを変えるのです。まったく違う観点から物事を見れば、そこから生まれる見込みも根本から変わるのです。考えを変えるときにはいつでも、自分が欲しいもののことを思い浮かべておくことが大切です。これは、「目標を定める」ことにしてもいいのですが、そこまで堅苦しいものでなくても、**要は、心のなかに、自分が送りたいと思う人生の指標を持っておくのです。**指標をつくるには、自分の可能性を広げなければいけませんから、変化を必要とします。まだ見込みにはなっていない、可能性の段階ですが、**あなたはまず、可能性から始めなければなりません。可能性に取り組むと、必然的に見込みが見えてきます。**

「わたしは、ほかの人間がやってきたことを達成できる」と気づいてください。あなたの限界なんて、せいぜい、ほかのすべての人間の限界にしかすぎないということです。可能性は無限にあります。**「わたしのすべての才能、能力、傾向、衝動が、未来の可能性なのだ」と自覚し、それらをよく見てください。**自分の能力や衝動にしっかりと焦点を合わせるのです。世の中には、四十万ドルのヨットが実際に存在しているのですから、あなたが手に入れることは可能です。海辺の大邸宅もたくさんあるのですから、あなたが住むことは可能です。**ほかの人たちがしていること、持っているもので、あなたにできないこと、持てないものはありません。**あなたが「こうなったらいいなぁ」と思うものは、すべてこの世の中に存在しています。

自分の認識を変え、可能性をもう一度つくり直せば、それに合わせて見込みが変わります。自分の考えそのもの、認識そのものを変えるため、自分の意識を自在に切り離したりくっつけたりする練習をしましょう。

◆◆◆◆◆◆◆◆◆◆◆◆

《エクササイズ21》意識を切り離してはくっつく

①たましいとしての自分、純粋な意識としての自分を認識する

「自分は体ではない。ただ体を持っているだけだ」と気づいてください。**「自分は、状態でもない。自分の状態を認識する意識なのだ」と気づいてください。**あなたが、「わたしは一文無しです」と言ったとしても、ほんとうは一文無しではありません。**たましいとして、自覚として、認識として、ほんとうに一文無しになることは、不可能なのです。怒ったり、貧乏だと思ったり、体が不自由だと感じても、「これは、ほんとうの自分ではない」「これは、ただの状態であって、わたしではない」と思ってください。**置かれた状況、状態で自分を判断することをやめて、状況や状態と自分を切り離して考えると、おもしろい感情が湧き上がります。わたしはこれを「離脱感」と呼んでいますが、それは劇的な感覚です。**「自分」というのは、状況を意識的に見つめている「目」でしかないのです。**

◆◆◆◆◆◆◆◆◆◆◆◆◆◆◆◆◆◆◆◆◆◆◆◆◆◆◆◆

②状態に焦点を合わせる

引き続き、お金という視点から考えてみましょう。本来、純粋な意識であり、純粋な自覚であるわたしたちには、お金は必要ありません。では、何のためにお金がいるのでしょう？　自分の生活や環境に目を向けて、**「ほんとうにお金を必要としているのは誰だろう？」**と問いかけてみてください。

あなたが親で、子どもに養育費や教育費が必要な場合、**あなたが焦点を合わせるべきものは、「あなたの子どもに必要なものがすべて与えられ、彼らが満たされてい**

る状態」です。

洋服はどうでしょう? 洋服を必要としているのは、純粋な魂であり、純粋な意識であるあなたではなく、あなたの「体」です。体にこんなふうに話しかけてみましょう。

「体さん、あなたに服が必要なのはわかっています。わたしはあなたを愛しています。だから、素敵な服を買ってあげたいのですよ」

「体が洋服を着て、お金を持ち、必要なものすべてを持っている状態」に、**あなたの焦点を合わせてください。**その要求は、意識であるあなたではなく、体にあるのだと認識してください。あなたはいつも自分の体に興味を持ち、体を気にかけ、愛しているので、意識と体がくっついた状態になっていますが、ほんとうは、その二つは切り離されてもいると気がついてください。あなたは、自分の肉体と同化してはいないのです。

状態に焦点を合わせるには、**ちょっとだけ、後ろに下がって自分を見るイメージです。体と意識は、切り離されてはくっついているのだと認識できれば、あなたは自由です。**自分だけではなく、まわりの物、人の状態にもエネルギーを注げるようになるでしょう。このアプローチは、あなたに途方もない解放をもたらします。

◆◆◆◆◆◆◆◆◆◆◆◆◆◆◆◆◆◆◆◆◆◆◆◆

③すでにあるものへの抵抗を手放す

人は、自分のいつものパターンに変化を起こし、新しい見込みを持つことに抵抗します。「今は小屋に住んでいるけれど、いずれは大邸宅に住みたいのです」と言う人たちは、自分たちの小屋を見ては、「どうしたら変えられるのですか？　わたしにはこの小屋があるけど、ほんとうは大邸宅が欲しいのです」と怒り続けます。「あるもの」と「欲しいもの」が対立し、抵抗や戦いが生まれると、変化のエネルギーが遮られます。**すでにあなたが手にし、実践している見込みと、これから種をまき、育てる見込みは、別物であり、何の関係もありません。**あなたがそれに気がつき、自分の抵抗を「手放す」と決めてください。そうすれば、ほんとうに手放すことができるでしょう。

④欲しいものが手に入るまで我慢する

簡単です。以上の三つのステップをやり続けるだけです。一度やると決めたのに忘れてしまうことは、種をまいただけで水をやらないとか、食事を注文しただけでレストランを出るのと一緒です。**周囲のあらゆる物、場所、人に貢献する気持ちを保つため、切り離してはくっつく態度を持ち続けてください。**たとえどんなものでも、なすがまま、あるがままの変化を受け入れ続ければ、そこから解き放たれるのです。求めているものと近いものが現れたとき、拒否するのは自由ですが、とにかく、このプロセスをやり続けてください。**フナの第七の法則が教えてくれています。「『効果があるかどうか』が真実を測る物差しである」と。**

求めているものと「近いもの」

どんなときも、**何かに焦点を定めれば、宇宙はすぐに応えてくれますが、あなたの恐れや疑いのレベルに応じ、求めているものと「近いもの」で応えます。**たとえば、「白いメルセデス・ベンツが欲しい」と宇宙に頼んだとき、代わりに手に入るのは、青いフォードかもしれません。宇宙が、「現時点で手に入るもの」「あなたにどれほどの恐れや疑いがあるか」に応じたとき、あなたの欲しいものに一番「近いもの」は、青いフォードだったのです。

わたしの友人は、取り組んでいるプロジェクトのための資金に焦点を定めたとき、そのほんの数時間後に宇宙から一つの答えをもらいました。資料を取りに自分のオフィスへ行くと、書類の山のてっぺんに高額の小切手を見つけました。ところが、そこには宛名が書かれてなかったので、彼はこんなふうに考えました。

「ふむ、宇宙が僕に小切手をくれたけど、これは〝近いもの〟だな」

宛名がない小切手を受け取ることは、彼のモラルのなかの見込みとは到底かけ離れたものでしたから、彼はそれを受け取らず、ただこう言って宇宙に感謝しました。

「宇宙よ、惜しかったね。次はやり方を変えてみよう」

自分の望んでいるものにはっきりと意識を向け、焦点を定めると、それに「近いもの」を受け取るでしょう。ニュース、新聞、テレビ、電話で目にしたり、耳にしたり、そういう形でもたらされることもありますが、ありとあらゆる方法で、「近いもの」がもたらされるでしょう。**「近いもの」を受け取るか、自分に合うものを手にするまでチャレンジし続けるかを決めるのは、あなた自身です。**あなたが本気でメルセデス・ベンツに意識を向けたとき、白いボディと水色の革張りの内装を思い浮かべていたのに、黒い内装をした緑色のメルセデス・ベンツが差し出されるかもしれません。あなたが宇宙に頼んだものと「近いもの」であり、違いを受け容れると決めたなら、「宇宙よ、どうもありがとう。これにします！」と言って受け取りましょう。あるいは、「宇宙よ、どうもありがとう。でも、これはわたしの欲しいものとは違いますから、引き続き働きかけます」と言うこともできますし、「宇宙よ、どうもありがとう！　欲しい車が手に入るまでは、この車に乗ります」と言うこともできるでしょう。

宇宙は、あなたが何を選んでも気にしません。そのときのあなたの予測、解釈、判断、恐れ、疑い、意識に応じて、一番「近いもの」をもたらしてくれるでしょう。

わたしは一度、「ニューイングランドの里離れた山で、緑色の髪の毛に青い肌をした女の子とすれ違うことに焦点を合わせることもできますか？」と聞かれたことがあります。

もちろん、そのことに十分なエネルギーを注ぎ、その場所に十分に長くいれば、何かが起こるでしょう。山のなかで映画を撮影していて、俳優が特殊メイクをして歩いているかもしれないし、宇宙船が着陸し、緑色の髪の毛に青い肌の女の子が現れるかもしれないし、山のなかで、偶然、そんな女の子が主公の古い漫画を見つけるかもしれません。可能性は、いくらでもあるのです。見込みが低くても、十分に意識を向ければ、「近いこと」は起こるでしょう。

宇宙の法則に従って欲しいものを手にするには、欲しいものにはっきりと意識を向け、焦点を合わせることです。宇宙には、あり余るほどの可能性があるのです。宇宙はそのとき与えられるものを与えてくれますが、あくまでも、あなたの意識のパターンのなかで実現可能なものに沿って提供するのです。ハワイに古くから伝わる伝説によると、魔法の木は、ありとあらゆる富を際限なく生み出しますが、**その木を見ることができる人たちだけが、その恩恵を受け取るのだそうです。**

11

決断上手な人になる

Maka'ala ke kanaka kāhea manu
鳥を呼ぶ人は、注意を怠ってはいけない
（チャンスに備えなさい）

「いつでも必ず正しい決断ができる確実な方法があればいいなぁ」と思いませんか？　それを思いつく人がいたら、瞬く間にお金持ちになれるでしょう。

「正しいと保障された決断」とは、一体何を指しているのでしょうか？　そこが問題です。人々は、物事がうまくいけば、「わたしは正しい決断をした」と自画自賛をして、うまくいかなければ、「間違った決断をしてしまった」と自分を責めます。当たり前のように思えますが、実はこのやり方は愚かです。**なぜなら、「決断」が「物事の結果」を決めるわけではないからです。**

もう少し詳しく見てみましょう。あなたは、物事がうまくいくと、「自分が正しい選択をしたからだ」と喜び、「そうなる運命だったのだ」と信じるでしょう。「未来のことを決断するのは、十字路で道を選択するのと同じだ」と思う人たちがたくさんいます。「一方は名声と富につながる道で、もう一方は失敗と苦悩へとつながる道だ。わたしは、どちらか正しい道を選べばいいだけだ」と。

もし、あなたの人生がそんなふうに整備されているのなら、「良い地図」を持てばいいだけでしょう。実際に大地を旅するときと同じように、すでに成功している人たちの地図を拝借し、その人たちが通った道をたどれば、目的地へと着くはずでしょう。では、なぜ、たどり着けないのでしょうか？　名声、富、健康、体力、愛、幸福、高い精神性、スピリチュアルな調和にたどり着く地図は、どこにあるのでしょうか？　「正しい決断」をすればいいだけなのに、なぜ、この世はこんなに混乱し、膨大な数の地図で溢《あふ》れているのでしょうか？

答えは簡単です。未来に向かって進むことは、ほとんどすべてのものが同じ場所にとどまる大地を旅するのとは違います。どちらかと言うと、常に変化し続けている海を旅することに似ています。**知識が多いほど、技術が高いほど、成功する確率は上がります。でも、これまで「正しい」決断をしてきたからといって、これからの旅も順調に進む保証はありません。**「いつもわからないことばかりだ」と思いませんか？　もし、わたしたちが、良く当たる天気予報のような未来を持っていたら、一攫千金を狙って競馬に賭ける人たちは、いないでしょう。皆、株式市場でお金持ちになれるはずです。

それでは、大事な決断を迫られているとき、どうしたら良いのでしょうか？　わたしからのアドバイスは、以下です。

決断するときにすべきこと

①少しでも良い結果が欲しいなら、まずすべきことがあります。**「思い通りの結果にならないかもしれないから、決断しない」という恐れを手放してください。**どんなリスクも負いたくないのなら、布団に入って、死を待てばいいでしょう。それにしても、なぜ、リスクを負わないことが正しい決断だとわかるのですか？　そして、なぜ、「決断をしないこと」が正しい決断だとわかるのですか？

②何か良い考えが頭に浮かんだら、**いつでも決断を修正する心の準備をしておきましょう。**航海のたとえで言うと、航海の始めには帆をいっぱいに張っていても、天気が変われば、帆の具合を変えたほうが賢明でしょう。

③知識と技術をできる限り高めましょう。「全能」とか「完璧」を求めるのとは違います。あらゆることに精通し、卓越した技術が持てれば、あなたは間違いを犯さなくなり、決断する理由がなくなってくるでしょう。

④大切なことは、決断したあとにやってきます。あなたが欲しくないものではなく、欲しいものに焦点を合わせ続けてください。あえて言いますが、「決断」は、わたしたち人間がコントロールできるものではないので、**「最良の決断をしたい」と欲張らないことです。**船出の決断は、一瞬にして終わります。**船出のあとは、航海の間中、気を散らさないことです。**焦点を合わせることが、とても大切な役割を果たします。**目標に注意を払ってください。邪魔になるものは、できるだけ気にしないでください。**邪魔するものをどうしても避けられないときには、解決策のほうに集中し、問題自体に意識を向けないでください。

忘れないでください。**あなたを行きたい場所へ連れていってくれるのは、地図ではありません。地図を読んだあとの「あなたの行動」なのです。**

決断と価値観

あなたが何を信じていたとしても、そこからつくられるあなたの価値観は、人生で一番重要なものです。あなたの価値観には、それ自体に価値があります。**あなたの価値観が、あなたのすべての行動を支配し、まわりの人たちの行動にも影響を及ぼすからです。**どんな状況でも、「そのときの自分にとって何が一番大切か」に従って、決断してください。**自分のとった行動に驚くことがあるなら、それは、あなたが自分自身の価値観をわかっていないからです。**

例をあげましょう。わたしと愛する妻は、40年以上にわたり、それぞれの価値観について話し合ってきましたが、予測していなかったことを一つ発見しました。わたしたちは、個人の自由を大切に考えていますが、それ以上に、二人の関係をとても大切に思っていることがわかりました。二人の関係が価値あるものなので、互いの声に耳を傾け、自分がやりたくないこと、また、自分がやりたいこともしよう、と決めました。相手に何かを与える喜びがありますし、自分も何かを受け取れるので、個人の自由に制約があっても、簡単に耐えることができるのです（もっとも、わたしは嫌気がさしてブツブツ言うこともありますが）。一方で、制約がいきすぎると、「二人の関係」という価値が、縮んでしまうこともわかりました。お互いを尊重し、尊敬する喜び、そして、「自分で選択をする」という満足感が、わたしたちの大切な価値観だったのです。

愛、力、健康、自由などのすべての抽象的な概念は、わたしたちを感情的に動かし、行動を起こさせる、とても特別な価値観です。どんなときでも、どんな可能性に対してでも、あなたは、一番大きな喜びを求め、そして一番小さな苦しみで済むよう、前へ進んで行くのです。**いずれにせよ、決断を避けることはできません。決断しないこともまた、決断なのです。**

カルフォルニアとハワイでは、どの人が大工か、大抵わかります。彼らは、軽トラックにサーフボードを乗せているからです。仕事場にもサーフボードを持ってきて、波が高い日には、職場放棄して波乗りへと出掛けますから、仕事よりもサーフィンを大切にしていると言えるかもしれません。大きな波に乗るスリルは、誰かのためにのこぎりで木を切るよりも重要と思っているようです（ただし、すぐさま家賃を払う必要があるときは別でしょう）。

ほかの例をあげましょう。「家族のために」と必死に働くあまり、家庭崩壊するまで、家庭を顧《かえり》みない人たちです。「家族を支えていない」と批判されることを強く恐れるあまり、必死で働き、現実の家族の姿が見えなくなってしまうのです。

妻とわたしは、議論を通じて、自分たちが大切にしているものをはっきりと自覚できるようになりました。同時に、フナの考え方も知っていたので、「価値とは、完全にきまぐれなものである」とも気がつきました。フナの『七つの法則』を思い出せば、自分たちの価値観を変えることができます。**わたしたちは、価値観を変えることを選びさえすればいいのです。**自分の意思次第で、大事と思っていたこともそうでなくなり、どうでもいいと思っていたことも大事なものになるのです。あなたが意識的に認識し、注目し、人生の指針にしようと選ぶものこそ、あなたの価値観になるのです。

人生で一番大切にしているものを変える決断をすると、自分とまわりの人たちにとって、世界がひっくり返るような結果がもたらされるでしょう。あなたの価値観には、それだけの価値があるのです。**人生がどうもうまくいかないなら、自分の価値観に問題があるのかもしれません。人生がうまくいっているなら、どの価値観が役に立っているのか、検証してみるといいでしょう。自分に「何が一番大切なのか」を問いかけ、自分の価値観を確認**

し、修正するのは、いつでもできます。今がそれにちょうどいいときなのです。

決断と粘り強さ

ハワイ語の「アホヌイ」という言葉は、粘り強さを意味します。粘り強さがいかに大切かを理解するのに役立つ、ハワイのマウイ・クプアという人物の物語をお話ししましょう。

マウイのお話

昔々、キャプテン・クックよりずっと前のことです。カウアイ島のマウイ・クプアは、オアフ島からカヌーで戻ると、「どうして島々はこんなに離れているのだろう？　すべての島々を近づけねば」と決断しました。

すぐにマウイが母に助言を求めると、母はこう言いました。

「魔法の釣り針を使って巨大くじらを捕まえ、くじらに島のまわりを回らせなさい。長い時間しっかりと捕まえておけば、島々をくっつけることができるでしょう。兄弟にカヌーを漕ぐのを手伝わせるのです。ただし、注意することが一つだけありますよ。何があっても、前を向いてなければいけません。それができなければ、失敗してしまうでしょう」

そこでマウイは、四人の兄弟、マウイとマウイとマウイとマウイを集め、自分の計画を話しました。この壮大な冒険に興奮する兄弟たちに、マウイが「何があっても前を向くように」と伝えると、兄弟たちはそれを約束しました。

ついに、カヌー、釣り針、兄弟たちの準備が整いました。波がおさまっているうちに、彼らは、カイエイエワホ海峡へと漕ぎ出し、巨大くじらを探し始めました。何日もの間をくじらの捜索に費やしたのち、ついに、カウアイ島の北西にあるニホア島の脇を泳いでいるくじらを見つけました。マウイが魔法の釣り針を投げると、くじらはそれを口にくわえ、海中をものすごい勢いでカヌーを引っ張って進み始めました。

マウイと兄弟たちは、何日もの間、辛抱強く釣り糸をにぎりしめ、島々のまわりを回りました。そして、ある日のこと、彼らは、自分たちが再びワイルア沖におり、くじらが引っ張るカヌーがオアフ島へと向かっていることに気がついたのです。

くじらは、もうくたくたでした。マウイ・クプアが渾身の力をふりしぼり、釣り糸を引っ張っている間、兄弟たちは、逆方向へと思い切り漕ぎました。すると、ゆっくり、ゆっくり、島人が一カ所に集まり始めたのです。

ちょうどそのときでした。カヌーの操舵を担当していた一番年長のマウイは、水面に何かを見つけました。カヌーにたまった水をくみ出すためのひしゃくが、水面に浮かんできたのです。年長のマウイは、すぐさまそのひしゃくを拾い上げると、万が一必要になったときのためにと思い、カヌーのなかへと放り投げました。

そのとき彼は知る由もありませんでしたが、実はそのひしゃくは、いたずらの精霊エ・エパだったのです。精霊は、驚くほどの美女へと姿を変えました。その姿を一目見ようと海辺に集まったカウアイ島とオアフ島の住民たちは、彼女の美しさに驚き、口々に叫びました。

最初、マウイ兄弟は、誰一人この住民たちの騒ぎを気にかけていませんでした。ところが、やがて称賛の声がどんどん大きくなり、ついに、マウイの兄弟四人は、この美しい美女を見るために振り返ってしまったのです。すると、その瞬間、くじらは、自分を引っ張る力が弱まったのを感じ、逃げようとして死に物狂いで飛び跳ねました。兄弟の力を失ったマウイ・クプアが一人、何とかしようと釣り糸を強く強く引っ張りましたが、釣り糸は切れてしまいました。くじらが逃げると、島々はまたゆらゆらと漂い、もとどおりに離れてしまいました。

それで、ハワイの島々は、いまだに遠く離れたままなのです。

物語の一番大切な要素である釣り針は、「アホ」と呼ばれていました。「息」「呼吸をする」「大変苦労する」という意味です。マウイは、目的を達成するために大変な苦労をせねばなりませんでしたが、それでも十分ではなかったのです。「ヌイ」という言葉は、「大きい」「たくさん」「時を超えて広がっていくもの」「とても重要なもの」を意味します。**「アホヌイ」とは、「忍耐」と「辛抱強さ」両方なのです。**これは、並んで待っている忍耐ではなく、答えが得られるまで扉をたたき続ける粘り強さのことです。**嵐が去るのを待つ忍耐ではなくて、目的地へ向かって嵐のなかを進んでいく辛抱強さです。**回復するのを待つのではなく、回復させるためにできることを何でもやることです。欲しいものに向かって進み、常に決断し続けることです。

ハワイの伝説は、いつもハッピーエンドとは限りません。どう失敗したかを語ることは、どう成功するかを語ることになるからです。この物語では、ひしゃくに姿を変えた妖精によって、すべてがおじゃんになりましたね。マウイの兄弟たちは、マウイ自身の姿を表していていました。**気が散って集中力を失った瞬間に目的も失ってしまいました。**たった一瞬でも、辛抱を切らしてしまったのです。

幸運なことに、この世界には、克服不可能と思える不利な状況を目の前にしていても、それに耐え、驚くべきことを成し遂げる人たちがたくさんいます。わたしは、そのような人たちと何度も会って話をしましたし、本もたくさん読みましたが、そのなかでも強く印象に残っている例があります。

数年前、若者に自尊心について教えるプログラムを記録した映像を見る機会がありました。そのなかで一番印象的だったのは、ある若い女の子がフラダンサーになった話でした。カメラが、フラを踊る女の子の集団を映し出し、ほかのダンサーとまったく同じリズムと振り付けで優雅に踊る一人の女の子の上半身を映し出したとき、わたしは、まぁまぁ関心した程度でした。ところが、カメラが彼女の全身を映した瞬間、言葉を失いました。この愛らしい女の子は、すばらしいダンサーでした。そうです、ほかの子たちと同じくらいに。ただ、彼女には、片足がなかったのです。

両足がある女の子たちにとっても難しかったであろう優雅さと技術を磨くため、彼女に必要だったであろう忍耐、苦しみ、辛抱強さを想像してみてください。一体何が彼女にこの粘り強さを与えのでしょう？　それは、どこからやってきたのでしょう？　どうやって、恐れ、不安、困難、そういったすべてのもののなかを突き進む決断をすることができたのでしょう？　答えは、たった一つです。**彼女に粘り強さの力を与えたのは、彼女のフラへのアロハ（愛）だったのです。**

あなたが夢と願望、計画と目標、願いと癒しを目指すとき、やり抜く力を与えてくれるのは、アロハ（愛）です。あなたの精神、そして心の奥底に存在し、何物にも変えがたいほどに大切な、信じられないほどの価値を持つ、すばらしいものです。不安、失望、恐れ、誤解、そして皆が「無理だろう」と言うことがあっても、愛があれば、あなたは前進し続ける粘り強さを手にするのです。**この無限の宇宙で「不可能」があるとしたら、それは、「あなたが一度も挑戦していないこと」でしょう。**そして、**唯一の失敗があるとしたら、それは、あなたが「あきらめる」と決めたときなのです。**

決断と運

「運」とは、人がよく理解できないもののリストに載る概念です。これについて話す人たちの多くは、「運とは、運命である」と言わんばかりの口ぶりです。成功の原因を「幸運」のせいにし、失敗の原因を「不運」のせいにしているようです。まるで、〝神さま〟が気まぐれに落とす恵みや呪いのように考えています。それがほんとうなら、「どんな決断をしたっていい」「結果は自分の責任ではない」ということになります。でも、フナの教えでは、それはまったく違います。**フナの第六の法則によると、すべての力は内面から生まれ、第二の法則によると、限界は存在しません。つまり、「わたしたちは、自分で自分の運を良くすることができる」ということです。**

もちろん、運に気づかないこともたくさんあるでしょう。思いもよらないこと、予想外のことも起こります。それでも、あなたが無意識にできることは、やり方さえわかれば、意識してできるのです。

では、どうやって運をつくり、増やせばいいのでしょうか？

よく知られている格言が一つの方法を教えてくれます。最初にそう言った人を探し出すことができなかったのですが、次のようなものです。

「運とは、準備がチャンスに出会ったときにもたらされる」

一般的な解釈だと、「自分の興味がある分野で技術や知識を高めれば、幸運がやってくる」というものでしょう。おそらくこれは真実ですが、技術や知識を高めていない人たちの幸運は説明できません。

また、長期間にわたって宝くじを買い続けた人が当たりやすいのは知っています。きっと、粘り強さが一つの要因でしょう。でも、決して粘り強くなかった人たちにも訪れる運についてはどうなのでしょう？

わたしは、「なんとなく期待して待っている」としか表現できない特別な精神状態、感情の状態になって、投票やくじで当選したことが何度もあります。自分のカリスマ性を使ったのでもないし、焦点を合わせたわけでもありません。「当選したらいいなぁ。でも当選しなくても、まぁいいや」くらいの気持ちです。**ただ受け身で期待して待っている感じです。保証はありませんが、実はとても効果的なのです。**

わたしが思うに、**幸運とは、自分が望むものと調和しているときに訪れるようです。**わたしは、熟考と相当の練習を重ねた末に、運気を上げ、幸運を増やす方法を思いつきました。それぞれのステップは、**1分間**から始めて、次第にそれぞれの状態で過ごす時間を延ばしていきます。あなたが幸運を味方につけたいときに練習しましょう。

◆◆◆◆◆◆◆◆◆◆◆◆◆

《エクササイズ22》幸運を増やす

①「すべての人、すべてのものから無条件で愛されているはず」と強く感じられるものを想像してください。

②「自信に満ち溢《あふ》れていて、恐れや不安がまったくないはず」と強く感じられるものを想像してください。

③「いつでも幸運であるはず」と強く感じられるものを想像してください。

それでは、**あなたが次に重要な決断をするときには、この章で「価値観と粘り強さ」についで学んだことを思い出してください**。「自分は幸運である」と決めるのは、あなた自身です。幸運を祈ります！

12

最強の『成功の公式』

O ka pono ke hana'ia a iho mai na lani

天国があなたのもとへ降りてくるまで、良い行いをしなさい
（恵みは、良い行いを続ける人にやってくる）

この最終章では、わたしが今までお話ししてきた考えをおさらいし、さらに新しい考えを交えて、**「どんなことでも成功へ導く公式」**をお伝えしたいと思います。

ほかにもたくさんの作家が同じことをしてきたのに、どうして今さら成功の公式の話なんてするのでしょうか？　チョコレートケーキのレシピだと思ってください。チョコレートケーキをつくるとき、基本的には、小麦粉、水、砂糖、卵、そしてチョコレートをただ一緒に混ぜて、焼いて取り出せば完成です。けれども、チョコレートケーキでも、スポンジケーキ、濃厚なチョコレートケーキ、ドイツ風チョコレートケーキでは、大きな違いがありますよね！

作家たちは、ほかの人たちによって代々伝えられてきたものか、自身の経験から生まれ

たもののどちらかをもとにして、自分のレシピ、つまり公式をまとめます。わたしたちは、料理のレシピと同じように、ほかの人の成功をコピーすることができるのです。そして、それをもとに、自分自身のクリエイティブな発明の基礎をつくるのです。

わたしは、これからのページを使い、愛をもって勝利する公式をお話しします。この公式は、フナの哲学、これまで成功してきた人たちの経験談や研究、さらに、わたし自身の経験と観察から生まれ、実際にどんな種類の成功にもあてはめることができます。つまり、**これからあなたに、「どうやって成功が生まれるのか」を説明するのです。**あなたがどんな人でも、たとえあなた自身のしていることをはっきりと自覚していなくても、問題ありません。料理で言うと、**「材料を変えるだけで好きなものが何でもつくれてしまう基本レシピ」です。**

今日、わたしたちの社会では、住む家も仕事もなく、貧窮し、その状況から抜け出す方法がわからずにいる人たちが何百万人といます。ある医療関係のレポートは、**病気の70〜90パーセントは、心因性だと言っています。自分の意識を切り替える方法がわからないので、どうすることもできず、病気のままでいる人たちが多いのです。**また、企業の倒産、経済の不安定、離婚率の上昇、家庭内暴力の多発、国際緊張の高まりなど、社会問題が蔓《まん》延《えん》しているように見えます。

もちろん、あなたのまわりで起こる出来事は、自分でコントロールできないものもあるでしょう。でも、**あなた自身の「反応」というのは、いつでもコントロールできます。**自分の「反応」に対処する技術を高められれば、まわりで起こる出来事や状況は変えられなくても、それらが及ぼす「影響」は変えられるようになるのです。もし、あなたがヨットの船長なら、風向きや潮の流れを好きなように変えることはできないでしょう。でも、熟練した船長なら、**目的の場所にたどり着くために、風向きと潮の流れを見て、それに合わせて帆とかじを調節するのです。**

わたしが次にお伝えするのが、どんなことにもあてはめられ、いつでも最大の効果を得ることができる〝最強の成功の公式〟です。

E=mc²-r

どこかで見たことがありますか？　そうです、その昔、アルベルト・アインシュタインが別の目的に使った公式の一部です。ここでは、次のような別の意味を持ちます。

E（Effectiveness）効果
m（motivation）やる気
c（confidence）自信
c（concentration）集中力
r（resistance）抵抗

この公式を省略せずに書くと、「効果は、やる気に自信を掛け、さらに集中力を掛け、そこから抵抗を引いたものと等しい」となります。

もっとわかりやすく言うと、**「効果」を高めるには、「やる気」「集中力」「自信」を高め、「邪魔もの」を取り除くか、減らせばいいのです。**フナの第七の法則をおぼえていますか？　「『効果があるかどうか』が、真実（成功）を測る物差し」でしたね。成功するには、効果を高めることです。さて、「効果」「やる気」「集中力」「自信」を一つずつ見てみましょう。

【$E=mc^2-r$】Effectiveness　効果

わたしは、生まれてからずっと、「効果」を測る方法を求めて、世界中をさまよってきました。「生まれてからずっと」とは、まさに文字通りの意味です。「乳児や幼児のときに、両親と旅していたからといって、『求めていた』と言えますか？」と聞かれるかもしれません。求めていたと言えると思います。なぜなら、わたしたちは誰もが、受精する前から、意識的にでも無意識的にでも、「もっと効果的であろう」としているからです。

わたしたちは、卵子のころには、母親の胎内を受精できる場所まで下り、精子のころには、受精のために困難な道を効果的に泳ぎました。胎児のころには、効果的に細胞を組織し、増殖させました。乳児のころには、効果的に成長し、人生を楽しむため、学び、吸収しました。つまり、**わたしたち人間は、本質的に、「より効果的に生きる方法」を一生涯探し続けているのです。そのために、自分自身の経験だけではなく、ほかの人たちの経験からも学ぶのです。**

効果は、強力な無意識の衝動から生まれます。そして、そこに意識的な衝動が加わると、よりパワフルで、無限の成果が出せるようになるでしょう。

【E=mc²-r】motivation　やる気

「やる気」とは、「衝動」です。わたしたちに行動を起こさせたり、起こさせなかったり、ある状態にさせたり、させなかったりする衝動です。わたしたちが行動するのは、意識的にでも無意識的にでも、何かの衝動のせいです。心臓がどきどきするのは、緊張を緩めたい衝動があるから。グラスの水に手を伸ばすのは、不快な喉の渇きを癒したい衝動があるから。心がファンタジーをつくり出すのは、現実と違う何かをしたい衝動があるからです。あなたの人生は、あなた自身の衝動によって動かされていくのです。

企業経営者は、従業員をやる気にさせることを、教師は、生徒をやる気にさせることを求められます。車にガソリンを入れるように、ほかの人にやる気を注入できると思う人たちがいます。でも、ほんとうは、**すべてのやる気は内面から生まれなくてはいけません。誰かにやる気を与えてもらうことはできないのです。**あなたがすでに持っているやる気を刺激し、強める手伝いをしてもらうことはできるでしょう。あなたにお金を稼ぐ気があれば、他人のやる気を刺激するのがうまい人は、あなた自身が計画を進め、売り上げを増やし、新しいビジネスプランを立てる力添えをしてくれるでしょう。でも、そもそもあなた自身に「もっとお金が欲しい」という気持ちがまったくなければ、ほかの人は1ミリだってあなたを動かせないのです。

「山を動かしたい」「社会を変えたい」「もっと健康になりたい」「お金持ちになりたい」「幸せになりたい」という気持ちは、いつだって、あなたが自分自身のやる気を刺激することで強くなるのです。ですから、「自分をやる気にさせるもの」をよく知っておくことが大切です。

わたしたちは、自分たちの心と体が苦しみを避けて、喜びを感じるために、すべての行動をとります。意識していても、無意識でも、それが人間の一番基本的な動機でしょう。たとえば、休みをとりたいのは、心と体が疲労することをやめて、リラックスして喜びを感じたいからです。また、「充実感」「緊張感」という喜びを感じたくて、そして「活動不足」「孤独感」という苦しみが嫌だから、忙しく働き、人と関わるのです。**「わたしは、なぜ、いつもこれをするのか？　これをしないのか？」ということを考えてみると、自分のやる気がどこからきているかわかるでしょう。**

ところで、ときとして、「自分は（あるいは知り合いの誰かが）喜びより苦しみを求めているのではないか？」と思うことがあるかもしれませんね。そして、それでは、「先ほどの説明には当てはまらないのではないか？」と。苦しいトレーニングをすることに固執する人、虐待関係にとどまっている人、何かにつけて自分自身の邪魔ばかりをしているように見える人がいますね。どうして彼らはそんなふうにしているのでしょう？

さらに深く見ると、**やる気は、愛か恐れの衝動から生まれます**。人間は、今この瞬間に何かを経験することだけではなく、過去の喜びと苦しみの記憶を思い出し、未来の喜びと苦しみを予測し、想像する能力を持っています。それが、「過去の喜びを再現したい」「将来・未来に喜びをつくりたい」という愛の衝動になるのです。

一方で、「記憶している苦しみから逃げたい」「将来・未来にあるかもしれない苦しみから逃げたい」というのが、恐れの衝動です。つまりは、**どんなときも、わたしたちの持つ「一番強い感情」が一番強い衝動になり、わたしたちの最終的な行動を決めるのです。**

苦しいトレーニングに固執する人は、記憶のなかにある「太っている」という苦い経験をとても恐れるあまり、そうしているのかもしれません。あるいは、「元気で健康な体」を心から愛しているからかもしれません（その両方ということもあるでしょう）。虐待関係に留まっている人は、そこから離れて一人になることのほうが恐ろしいので、留まっているのかもしれません。自分自身を妨害してしまう人はどうでしょう？　過去に批判されたことを覚えていて、恐れているのかもしれませんし、成功したら不幸になるのでは、という恐れを抱いているのかもしれません。「ほんとうは山の上で瞑想していたい」という自分の正気な気持ちを無視して、「ほかの誰かを喜ばせなくては」と思い込んでいるなんてこともあるでしょう。

恐れと愛は、人に決まった行動をとらせます。**人は、恐怖を感じると、戦うか、逃げるかします**。どんな行動をとるかは、そのときのあなたの状況、精神状態、習慣によります。あなたが雄牛に追いかけられていたら、きっと全力で道の脇に寄るでしょう。英雄コナン［米国人作家ロバート・E・ハワードによる冒険物語のヒーロー］や、女性戦士ジーナ［アメリカのテレビドラマのなかの女戦士］なら、そこに立ちふさがって、雄牛を殴って倒そうとするかもしれませんね。

愛はどんな行動をとらせるのでしょう？　「平和」と「遊び」の二つの行動です。先ほどの雄牛の例でいうと、愛が一番強い衝動になっていたら（ほんとうに動物が大好きな場合）、雄牛を撫でて安心させ、落ち着かせ、なだめるでしょう。でも、闘牛士やクレタ島の競技者なら、自分が疲れ果てるまで、ただ雄牛を弄《もてあそ》ぶでしょう。

愛と恐れは、喜びと苦しみの延長線上にある、人間の基本的なやる気です。でも、個人のやる気をよく見てみると、さらに細かく分類できるのがわかります。たとえば、わたしたちは、どうして食べるのですか？　基本的には、食べることが喜びで、食べないことが苦しいので、食べるのです。食べたときの効果を愛していて、食べなかったときの影響を恐れているのです。そのどちらかだけかもしれません。また、わたしが食事をするときの理由は、「お腹が空いていたから」「付き合いが楽しかったから」「新しい料理を食べたかったから」「誘ってくれた人に失礼にならないように」など、いろいろです。「そうしたいから」という理由も、「そうする必要があるから」という理由も、わたしは、まとめて「心が求めるもの」と呼んでいます。次に、人々のやる気となる、この「心が求めるもの」を詳しく見てみましょう。

「心が求めるもの」

わたしは、西アフリカで地域開発に携わっていたとき、**「心が求めるもの」**に出会い、それが個人にもグループにもあることを知りました。**「心が求めるもの」は、個人やグループが行動をとるとき、意識的、あるいは無意識的に持つ「やる気」です。**ほかの人たちから見て「客観的に求めているもの」ではなく、**本人の主観で求めているもの**です。

例をあげましょう。わたしが訪れたアフリカの村の一つに、公衆衛生の向上、水の供給、栄養状態の改善の要求がある村がありました。地方自治体と国際機関が対応していましたが、残念ながら、うまくその要求が満たされていませんでした。設置された共同トイレは誰も使っておらず、修理の仕方がわからないので井戸のポンプは放置され、導入された料理のレシピは地元の人たちの嗜好に合わないので無視されていました。

うまくいく確約はありませんでしたが、わたしは、村長に集会を開いてもらい、そこで直接村人たちに、改善してほしいことを尋ねました。これは、村人を大いに驚かせました。これまで彼らは、「自分たちの要求」を聞かれたことがなかったのです。数時間に及ぶ活発な議論の末、「村長の小屋を修理してほしい」というのが彼らの要求でした。今のままの壊れた状態では、村にとって不名誉だからでした。もし、わたしが自治体の役人だったら、「もっと優先すべきことがあるでしょう」と彼らを叱ったかもしれませんが、わたしはフリーの職員だったので、彼らの「心が求めるもの」に耳を傾けることができました。**彼らが心から感じている要求こそが大切と思ったのです。**

話を短くしましょう。わたしは、村人たちが村長の小屋を修理するのを手伝いました。

ただし、仕事のほとんどを彼ら自身でしてもらい、材料のほとんどを彼ら自身で供給してもらって、彼らのプライドを保つよう心がけました。次の集会で、彼らは「村を清掃したい」と言ったので、それを実行しました。さらに、利便性と村人たちの面子の両方を大切にしながら、家庭用トイレをつくり、採った作物で換金できるように菜園をつくり、各家庭に菜園の水やりのために新しいポンプを与え、村人とレシピを一緒に考えて、栄養状態を良くしました。また、緊急事態に備えてお金を取っておくという村の伝統的なやり方を生かし、正式に信用組合をつくりました。そうしてわたしたちは、政府が望んだことすべてを満たしながら、それ以上のことを村人たちが自らの力で成し遂げる手伝いをしたのです。**村人たちは、外部の人たちが客観的に見た「欲しいであろうもの」ではなく、彼ら自身が心から必要だと感じていたことを実行しました。前と同じ作業をしていても、その理由がまったく違ったのです。**それがこのような達成へと導いたのです。

個人の「心が求めるもの」と、物理的な要求とは、かなり違うこともあります。でも、「心が求めるもの」が効果的に満たされると、同時に物理的な要求も満たされるのです。たとえば、「健康」です。「見た目が良くなりたいから」「洋服が似合うようになりたいから」ダイエットをしたり、「友人や家族がやめろと言うから、仕方なく」禁煙したり、「副作用による痛みが恐いから」自然治癒や自然療法をしたり。こういった**「心が求めるもの」が満たされると、実際、人は、前よりもずっと健康になるのです。**

ただし、**わたしたちは、自分自身の「心が求めるもの」が何か、はっきりと気がついていないことがあります。自分自身の「心が求めるもの」が何かわかれば、成功のチャンスが大きく増え、自分の行動を変えるのも楽になります。**わたしたちの最も典型的な「心が求めるもの」は、**①知りたい ②自由になりたい ③目的を持ちたい ④わくわくしたい ⑤関わりたい ⑥力（権力）を持ちたい ⑦達成したい** の七つです。あなたの「心が求めるもの」を見つけるため、一つ一つ見ていきましょう。

七つの「心が求めるもの」

①知りたい ―― 好奇心・知識欲を満たしたい、安全でいたい

蝸牛にだって、**好奇心**があるのです。わたしたちが持つ動物遺産といえるでしょう。以前、退屈なバス移動の最中に、一人の男性が棚からスーツケースを降ろし、広げたことがありました。わたしは、まわりの乗客たちが、まるで彼がこの世で最高に魅力的なことをしているかのように、固唾を飲んで見つめていることに気がつきました。人は、ニュース、

うわさ話、連続メロドラマや、ただ次の丘の向こうに何があるのか見るために歩き回るのが大好きです。好奇心を満たしたくて、新聞なしでは朝食を食べられない人や、近所で起こっていることが知りたくて次のブリッジゲームまで待てない人たちがいます。

知識欲は、職業や趣味にもよりますが、好奇心が進んだ形です。わたしも含め、たくさんの人たちが、「自分の知識を増やしたい」と感じています。「実際に役立つかどうか」はどうでもいいのです。わたしの見解では、研究専門の科学者は、この要求を持っている人が多いようです。百科事典や年鑑を読むのが好きな人たちもそうです。

「安全でいたい」というのはどうでしょう？　「予期せぬ不愉快な出来事を避けて、安全でいたい」と感じることです。この気持ちが強迫観念になることもありますが、冷静に分析できれば、世の中の仕組みがわかります。

②自由になりたい――リラックスしたい、制約から自由になりたい、自分自身の意志を表現したい、移動や探検をしたい

「リラックスしたい」と感じる心と、体が求めるものが違うことがあります。十分くつろいでいるように見えるのに、もっとくつろぎたい人たちがいます。また、見るからにきつい洋服を着ているのに、きついことに気づかない人たちもいるのです。

「制約から自由になりたい」という心は、衝動です。子どもが学校に行くこと、社会の規則、人間関係のしがらみ、職業的・社会的制約によって、「不当に、不本意に縛られている」と感じ、そこから解放されたいという気持ちです。

「自分自身の意思を表現したい」というのは、他国から強制的に、経済的・政治的に支配をされている植民地では、国民レベルの要求でしょう。個人レベルでも、誰かから「経済的・情緒的に縛られている」と感じていれば同じです。

「移動や探検をしたい」という心は、「知りたい」というのと似ていることもありますが、違うこともあります。英国で開いたわたしの講座に参加した女性は、1日目の午前中の議論の間ずっと静かに座っていましたが、それが終わると、わたしのもとへ来て言いました。「ありがとうございました。とてもいい講座ですけれど、もう退席します。わたしはもっと体を動かさないとだめなのです」

わたしが、世界中さまざまな地域を旅するうちに知ったことですが、「大きな空の下、街道や広々とした道、海沿いを、ただただ移動していたい」と強く求める人たちがいます。彼らにとっては、「何か新しいことを手に入れられるかどうか」は、どうでもいいのです。

③目的を持ちたい ——自分よりも大きなものに貢献する意味がほしい、そのための指針がほしい、自己正当化したい

この心を持つ人たちはたくさんいます。人生の意味を教えてくれる年老いた賢人を探し、はるか遠くまで旅する人がいます。霊能者、精神科医、さまざまな分野のセラピストは、誰かの人生に起こった出来事の意味や、誰かの人生の目的を見つける手伝いをすることで、生計を立てています（わたしは、自分の生徒に「自分自身で人生や出来事に意味を与えてください。自分自身で目的を作ってください」と提案しますが、それに対して「この人は年をとっているのにあまり賢くないのだな」と思う人がいます）。

「指針がほしい」という気持ちは、幼いとき、この世界で生き抜くための規則を学ぶときに始まります。たとえ「どの規則なら破れるか」ということを知りたいだけであっても、指針を求める気持ちは、残りの人生でも続いていきます。

「自分のためではなく、もっと大きなものに貢献したい」という心がなかったら、宗教、慈善事業、政党、社会・環境保護活動グループは、ほんとうにひどいことになってしまうでしょう。

④わくわくしたい――美しい景色・音・美味・接触・セックス・興奮・活動・ダンスなど、楽しい刺激を感じたい

芸術や音楽が存在するのは、芸術家に**「創造したい」**という心があって、また、大勢の人たちに**「彼らの作品を鑑賞したい」**という心があるからです。美術館、ギャラリー、交響楽団、ロックコンサート、映画産業、レコード業界……芸術活動を支援することに、いったいどれほどのやる気が必要か、想像してみてください。偉大なシェフは、その料理を高く評価する人たちによって、はじめて偉大になれます。すばらしいレストランは、栄養のある食べ物だけではなく、それ以上の何かを提供しています。

触れたり、触れられたりすることは、パワフルで有益な経験です。誰にとっても「心が求めるもの」とは限りませんが、(わたしのイタリア系ルーツを持つ家族のような)文化的グループの人たちや、スポーツ、マッサージ、ダンスなど、人と接触し、身体的な相互作用を楽しむ人たちにとっては、間違いなくそうでしょう。

セックスは当然、あらゆる面で、多くの人たちにとって最高級の「心が求めるもの」です。セックスができないときには、ほかのどんな興奮でも、まったくないよりはましでしょう。

わくわくすることは、感情が抑えつけられていて、感情表現が満足にできない人にとって、切なる求めです。ホラー映画、ホラー小説、火事、災害、生死にかかわるスポーツが磁石のように人を惹きつけるのも、そのせいかもしれません。

「動きたい」というのは、間違いなくたくさんの子どもたち——特にわたしの3歳の孫娘の「心が求めるもの」です。そして、伝統的なダンスでも、自由なスタイルのダンスでも、エアロビクスでも、それに人生を捧げている人たちがたくさんいます。

⑤関わりたい——ほかの人たちから受け容れられたい・認められたい・覚えてもらいたい、友情と親密さが欲しい、大きな全体の幸福の一部になりたい

人間の一番基本にある「心が求めるもの」は、空気、食事、そして**「受け容れられること」**です。「仲間から受け容れられること」「自分自身を受け容れること」「自分が称賛している人、権力を持っている人たちから受け容れられること」です。

その対極が「孤独」です。だから、たくさんの国々で、島流し、国外追放、村八分、独房監禁が極刑に定められているのです。

画家や彫刻家には、後援者が必要です。俳優やコメディアンには、観客が必要です。俳優は、ガラガラの劇場を恐れていますが、それ以上に、批判的な評価を恐れています。コメディアンのように、観客との交流を図るパフォーマーは、たった一人でも反応を示さない観客がいると、たとえほかの全員からたくさんの称賛を受けたとしても、思いつめてしまうかもしれません。かつてわたしも、「観客が一人残らずわたしを見てくれないのなら、自分は無能だ」と思ったものですが、「人が違えば聞き方もそれぞれ違うのだ」と、最近ようやく思えるようになりました。今ではもう、よそ見をしている人がいても、目を閉じている人がいても、いっそのこと床に転がって眠りに入ろうとする人がいたって、わたしは心穏やかでいられます。

実業界のリーダーや政治指導者は、「高い給料よりも、肩書きや世間からの承認が威力を発揮することがある」と知っています。人を称賛することが人間社会で最も意味のある儀式なのは、誰しも**「称賛されたい」**と求めているからです。

「友情が欲しい」と強く求める心があります。人間関係の親密さを求める気持ちは、女性特有のもののように思われていますが、もちろん男性もあります。ただ、男性は社会的なステレオタイプによる偏見を恐れて、その気持ちを隠しているのです。より強く感じている要求が優先され、それ以外の要求は、抑えつけられてしまうことがあります。

また、個人的な人間関係だけではなく、自然、地球、それぞれが信じる神など、**「より大きなものとつながりたい」**と求める人たちもいます。

⑥力（権力）を持ちたい――強さ・能力・才能・技能・影響力・お金がほしい、支配したい

力への衝動は、自然なことです。歩くこと、話すこと、銀行に行くこと、車を運転することなど、毎日の生活のなかで当たり前にしている簡単な行動、仕事をするときに必要な複雑な行動も、力への衝動が進化させるのです。わたしたちの行動の根底にいつも存在しています。

この気持ちがあまりにも強くて、「普通の状態」を超越《ちょうえつ》してしまう人たちもいます。彼らは、ただ椅子を持ち上げるのではつまらないので、車を持ち上げたいのです。彼らは、行動するだけでは満足しないので、命令をしたいのです。一企業の社長では飽き足らないので、政治家になって国家を導きたいのです。自分自身の人生に権限を持つだけでは十分満足できない人たちです。彼らは、ほかの人の人生をも支配したいのです。

力への衝動は、**「恐れから逃げたい」「受け容れられたい」「評価されたい」「自分の運命をコントロールする力を持ちたい」**という心の求めです。政治家、ギャンブラー、指導者、芸術家、スポーツ選手、霊媒師など、皆そうです。

ただし、「心が求めるもの」は、どんなものでも、「恐れ」が隠された力になると、強迫観念となってしまいます。強迫観念と権力が結びつくと、たくさんの人たちにマイナスの影響を与えてしまうでしょう。力が乱用されるのを恐れるあまり、「権力」という概念だけで怯える人たちがいます。彼らは、権力と思われるものはできるかぎり避けて、ときには権力を持つ人たちを罵倒します。自分個人の権力に責任をとるのが嫌なので、ほかの人のせいにもします。

力への要求がある人たちのなかには、必ずと言っていいほど、アクトン卿の権力についての格言を引用する人たちがいます。9章でも話しましたが、もう一度書きます。

「権力は墜落し、絶対的権力は絶対に墜落する」

残念ながら、権力への恐れを強めるこの言葉は空虚です。権力は、それ自体が墜落することはありません。**墜落するとしたら、権力が「恐れ」や「憎しみ」「無関心」のどれか一つ以上と結びついたときだけです。けれども、権力は、愛と結びつくこともできます。**

そうなると、これ以上すばらしいことはありません。英国の偉大な政治哲学者、エドマンド・バークは、次のように言っています。

「わたしは、変わらない権力ほど崇高なものを知らない」

また、現代社会のほとんどの人にとっての「力」は、お金です。お金があれば、自分の望む物やサービスを買えるし、世の中に影響を与えることもできます。人はよく、「お金が必要なのは、安全のため、受け容れてもらうため、自由を得るためだ」と言います。でも、わたしたちにお金が必要なほんとうの理由は、「お金には、必要なものを満たす力があるから」なのです。少なくとも一理あるジョークがあります。

「お金で幸福は買えないという人は、どこで買ったらいいのかわからないのだ」

⑦達成したい ―― 目標を達成したい、競争に勝ちたい、記録を破りたい、不正を正したい、ほかの人を癒したい、人がもっと効果的に生きるのを助けたい

わたしは、リオデジャネイロのマラカナにある20万席をほこる巨大サッカースタジアムを訪れたとき、個人としても集団としても、**「達成したい」**という心を感じました。オリンピックやフットボールの試合で集まる何千人が分かち合うものです。信じられないほどの時間、エネルギー、お金が、世界中のスポーツ競技のために使われています。競技者にも、観客にも、達成したい心があるのです。映画界、テレビ界、音楽界では、達成の要求が「賞」という形で現れ、多くの人に刺激を与え、魅了しています。

また、人は、誰にも話していなくても、大きなことを達成する計画を持っているものです。**「不正を正したい」「自分以外の何か、誰かを癒したい、助けたい」**という衝動に従い、さまざまな組織で活動する人たちがいます。

さて、ここまでお話してきた七つの「心が求めるもの」のどれかに、あなたの要求がありましたか？　時間をかけて、自分自身が感じている要求、つまり自分をやる気にさせるものを明らかにしましょう。**『成功の公式』の通り、あなたがやる気を高めれば高めるほど、得られる効果が上がり、成功も大きくなるのです。**

【E=mc²−r】confidence　自信

自信とは、「自分には、やりたいことをするための時間、エネルギー、能力、精神力、支援、資源があるのだ」という確信です。それは、すばらしい感覚です。自信には、「自分のまわりの状況への自信」と、「自分の内面への自信」の2種類があります。そのどちらかの自信を大きくすれば、効果が高まり、成功できるのです。

「自分のまわりの状況への自信」は、「自分以外の人やグループに矛盾がなく、信頼できる」と感じることです。あなたの過去の記憶、現在している経験、未来への予想をもとに、あなたが「ほかの誰かの権威」を信じることです。わたしたちの「季節」や「年月」の概念もそうです。人類滅亡の大預言をする預言者を信じることもそうですが、状況、誰かの決定、出来事に完全に依存してしまうのは問題です。

一方、「自分の内面への自信」は、自分で何かを決断することで生まれます。**内面の自信を高めるのに一番良い方法は、二つの決断をすることです。まず、「自分が信じることが真実である」と決断し、次に、この決断を決して疑わないことです。**そうすると、自分の価値、自分のスキル、自分が変化に対応する力、自分の内面の力に自信が持てるようになるでしょう。

効果的に自信を高める二つの方法をお伝えしましょう。

効果的に自信を高める方法

①あなたがスキルや能力を生かすことを抑えている「恐れ」を減らす
②チャンスが来たときにつかめるよう、いつも自分自身に刺激を与える

自信は、いつも人々が疑問を持つところです。すでに5章でこの話をしましたが、ここでもう一度思い出してみましょう。

「自信過剰になることは、どうなのですか？」と聞く人たちがいます。実のところ、わたしは、そんなものがあるとは思いません。**自信過剰と呼ばれるものは、実際には、おごりが「恐れ」を隠している状態です。**「期待しすぎてがっかりしてしまうことはどうですか？」と聞く人たちもいるでしょう。そうです、失望は、実に不愉快な経験です。何かが自分の思い通りにならなかったのですから。人は、失望への対処法を二つ持っています。一つは、「どうせすべてはうまくいかない」と予想しておくこと。そうすれば、たまに何かうまくいったときには思わぬ喜びがありますが、なんだか悲しい生き方ですし、物事を悪い方へ考える癖がつきます。もう一つは、何の期待も持たないよう、自分を訓練することです。でも、目的、目標、計画を何も持たないのは、遊び人や霊媒師にとっては好都合かもしれませんが、多くの人たちにとっては、そうでないでしょう。
効果を高めるには、やる気に加えて、内面への自信を高めることも大切なのです。

【E=mc²−r】concentration　集中力

集中力は、身体的・情緒的・心理的エネルギーを一つの方向へ動かし続けてくれます。集中力が長く続けば、効果も高まります。集中力を保てないと、仕事をやり終えることも、やる気を維持することも、解決策を熟考することもできません。意識がほかのものへ移ったり、途切れたりするとき、集中力がなくなってしまいます。

わたしのオフィスでは、いろいろな仕事がわたしの気を引こうと頑張っていますが、それに振り回されないように気をつけながら、一つ一つ取りかかることにしています。わたしの子どもたちは、宿題と日課に意識を集中するかわりに、ゲームやテレビに意識を集中させるのが上手です。公平であるために言いますが、わたしは、小説を読んでいる間は、妻が何を話しかけても、そちらに意識を向けることができません。

集中力を保つことは、自然にしているか、強制されているかによって、簡単にも難しくもなります。**「自然な集中力」は、あなたが楽しんでいるとき、興味を持っているとき、大切だと信じる何かに夢中になっているときに生まれます。**つまり、「こうありたい」「行動したい」「手に入れたい」という要求をこの瞬間に満たしている行動なら、どんなものでもいいのです。スポーツが大好きなら、試合を観戦するのも、プレーすることに集中するのも、何てことないでしょう。馬の飼育が趣味なら、馬の世話と訓練に関する本を読んだり、講演を聞くことに集中するのだって楽々です。

「強制された集中力」は、「自分のしていることは、これといって楽しくもないし、興味もないし、自分にとって大切ではないけれど、あえてしなければいけない」というときに使うものです。子どもたちはよく、宿題をこのカテゴリーに入れます。大人が納税申告書を準備するときも同じです。行動を起こすには、必ずやる気が必要ですから、「目の前にある仕事以上の報酬」「罰という約束」「期待」があるときにだけ、強制された集中力は働くでしょう。でも、罰への恐怖ではなく、自分の「心が求めるもの」を満たすため、楽しみのため、純粋な報酬のためなら、人は、はるかに大きな努力ができるのです。人間は、受ける罰は最小限に抑えて、報酬を最大限に手に入れようとします。「罰せられるのが嫌だから、やっておこう」というとき、最大限の努力をすることとは、決してないのです。

たとえば、あなたが10代の若者だとして、「部屋を掃除しなければ、お小遣いはなし！」と親から言われています。あなたがベッドの上にベッドカバーを投げ、それを少し引っ張ってベッドメーキングしたように見せかけ、服の山とがらくたをすべてクローゼットに投げ入れただけだったとしても、驚きはしません。けれども、「近所の人が家に遊びに来ることになったのよ。あなたと同世代の素敵な異性を連れてくるから、部屋を掃除しなさい」と言われたらどうでしょう。あなたが、いそいそと部屋に掃除機をかけ、汚れを落とし、服をたたみ、磨き、拭き、きれいに片づけたとしても、驚きはしません。

集中力を持続させるには、あなたがより楽しく、興味深く、価値を感じるものに集中することです。自分の「心が求めるもの」を満たすことを報酬にするのです。ピアノの演奏を学ぶことに集中したいとき、音楽をつくることが大好きなら簡単です。チェスの試合に集中したかったら、戦略に夢中になっていれば、なんてことはありません。先生の言うことに集中するには、その情報に価値があると思えるなら、楽々です。お金もうけに集中するには、ほんとうに心からハワイに行きたいと思えば、たやすいでしょう。

【E=mc²−r】resistance　抵抗

最強の『成功の公式』では、「抵抗」を取り除かなくてはいけません。あらゆる変化は、その変化に抵抗する力を生みます。「静止している物体は、動かされることに抵抗する」「動いている物体は、止められること、別の方向へ動かされることに抵抗する」という法則があります。これは、古典物理学にとどまらず、人間の身体的・感情的・精神的な行動にもあてはまります。

別の言い方をすると、人間には、「今の習慣を継続しよう」とする性質があります。その習慣が役に立つものなら、それでいいでしょう。心臓と肺が働き続ける習慣や、自分のスキルを磨く習慣は、すばらしいです。でも、心臓の鼓動が速すぎたり、肺の呼吸が浅すぎたり、スキルが足りないときには、ちょっと面倒でも変化を起こしたほうがいいでしょう。**「変化に抵抗するものを取り除く方法」がわかれば、もっと楽に、効果的に変化を起こせます。**

さて、抵抗をつくるものは何でしょう？ **①恐れ（Fear）②不幸（Unhappiness）③疑い（Doubt）④ストレス（Stress）の4つです。**それぞれの最初の文字から頭字語を取り、四つをまとめてFUDSと呼びます。これらは、単独でも、組み合わせでも働き、成功に必要な動機、自信、集中力が高まることを邪魔し、幸せを奪ってしまうのです。一つずつ説明していきましょう。

FUDS——抵抗をつくるもの

①Fear 恐れ ——不安、パニック、脅威

わたしたちのエネルギーが何かに向かって進んでいくのを阻み、むしろ遠ざけます。わたしたちの意識を狭め、自由を制限し、目的を持つことを躊躇《ちゅうちょ》させ、人間関係を邪魔し、エネルギーを奪い、達成を挫折させます。さらに、わたしたちの注意をそらし、集中力を低下させ、ネガティブな予測をさせ、自信を奪います。

記憶や想像から生まれる恐れは、身の危険を察知するような本能的なものとは違い、そもそも、それがなくても人生はうまくいきます。恐れに対抗できるのは、希望だけです。

古くからある、すばらしい、前向きな希望です。「希望なんて、楽観的で非現実的で、意志の弱い人間の気休めにすぎない」と言って、希望を封じ込めようとする人たちもいます。でも、これまでいつだって、希望は人類の偉大な男女にとって、仲間だったのです。希望

なくして大きな成果を成し遂げることができる人は、誰一人としていません。危険への妄想に屈さず、希望がもたらすほんとうの利益を簡潔に言ってのけた人物が一人だけいます。18世紀の英国の思想家、サミュエル・ジョンソンです。

「希望のないところに努力はない」

「恐れ」は、わたしたちの記憶と空想から生まれますが、「希望」もまた、わたしたちの記憶と空想から生まれます。恐れは、人間の記憶の貯蔵庫から「苦しみ」や「失敗」を選び出し、それを夢に描いている未来へと投影します。希望もまた、記憶から「喜び」や「成功」を選び、夢に描いた別の未来へと投影してくれるのです。「未来についてどんなことを考えても、結局、実現しない限り、絵空事にすぎない」と思っておきましょう。ストレートに言うと、未来の予想は、どうせ空想にしかすぎないのです。それなら、良い空想にしようじゃありませんか。

② Unhappiness 不幸 ―― 怒り、恨み、罪悪感、悲しみ、悲哀、嘆き

今この瞬間も世界中を悩ませ、病気を引き起こす一番大きなものです。人間、集団、国家を社会的に崩壊させます。**不幸と恐れが結びつくと、人生のすべての場面で考えられる**

一番ひどい惨事を招きます。

生徒から、「不幸の恩恵」について聞かれることがあります。「不幸な出来事がこの世にあるのは、存在するメリットがあるからですか?」と。その通りです。怒りは、人が無気力から抜け出し、恐れに打ち勝つのを助けるでしょう。恨みは、間違ったことですが、ほかの人を支配する権力を手にする満足感を与えてしまいます。罪悪感は、物事が良い方向へ転換するよう、働きかけるかもしれません。悲しみのほろ苦さには、ときおり、不思議と人を「楽しい」と感じさせるような性質があります。悲哀は、他者への思いやりを生みます。嘆きは、亡くなった最愛の人を追悼し、尊敬する人を讃える方法です。

わたしは、不幸が短い期間だけあるなら、プラスの面もあると思います。でも、**不幸がどんどん広がっていくときには、いつだって個人や社会にマイナスの利益をもたらすと思います。**なぜなら、不幸は、本質的に、幸福を否定しているからです。不幸を食い止めない限り、怒りは破壊的な暴力へつながり、恨みは病気や復讐へつながり、罪悪感は病気や自滅へつながり、悲しみは無力感へつながり、悲哀は絶望へつながり、嘆きは無益につながるでしょう。

あなたは、「幸せにならないと、不幸に打ち勝てない」と思いますか? もしかしたら、それでは飛躍のしすぎかもしれません。**不幸を減らす一番効果的な方法は、「心から許す」ことです。不幸は、過去、現在、未来に逆らうことで生まれます。自分が望む状態になるのを邪魔し、自分の行動を邪魔する誰か・何かをあなたが許したとき、抵抗が減り、不幸が小さくなり、自然と幸せが増していくのです。**

③ Doubt 疑い ——否定的な判断、批判、不信感

疑いは、「味方と敵が一体化したもの」と言われています。慎重な行動を取り、計画を分析し、物事を多面的に見つめるための「疑い」は、味方になるでしょう。**でも、あなたが悪いことばかりに焦点を合わせ、前向きな出来事を受け容れることを阻み、閉鎖的になるような「疑い」は、最大の敵です。**

昔々、こんなお話がありました。あるとき悪魔は、深い地獄の地にある美術館へと客人を案内しました。悪魔が「善」との戦争で使った、まばゆいばかりに輝く武器、「強欲」「貪欲」「嫉妬」「憎しみ」の前を通り過ぎていたときでした。客人は、これらとは少し離れた場所に小さな入れ物が置いてあり、そのなかに、擦り切れた古い楔《くさび》がぽつんと入れられているのに気がつきました。客人が「これは何か」と聞くと、悪魔は笑って言いました。

「ああ、それか！　あらゆるもののなかで最強の武器だ。どの武器でもうまくいかないときには、そいつを頼りにしておけば間違いない。そいつは、〝疑い〟だよ」

「疑い」が習慣になると、良いところをいっさい認めず、すべてを否定的に判断し、せっかくの効果を破壊してしまいます。ましてや**批判の形になると、やる気をあっという間にしぼませてしまうでしょう。**人間社会の不幸な誤解は、「批判が人をより良くする」というひどい考え方です。**そのせいで、大人と同じように子どもたちまでもが、絶えず、彼らの行動・外見・考え方の悪いところばかり、ほかの人から言われ続けているのです。**どうしてジョニーは本を読めないのでしょうか？　おそらく彼は、「遅い」とか「間違えている」とか批判ばかりされたので、読むことをやめてしまっただけなのです。どうしてジェインは自己評価が低いのでしょうか？　**母親、父親、兄、姉、先生、上司、同級生が皆、彼女の間違いを指摘し、彼女が自信をなくす後押しをしたのでしょう。**そして、**彼女の自尊心は傷ついたのです。**

ほかの人が間違えたこと、誰かが規則にしたがわないことをうるさく言いたくなるのは、人間には、ある「理論」があるからです。ある行動を「間違っている」と認識すると、それを修正しようとする意識が働きます。でも、それで正しく直したつもりでも、実生活で正しい行為が認められ、称賛されることはめったにないので、この理論はさほど役に立ちはしません。**心から満足する報酬を手にするには、「何かを成し遂げたい」という、内からのパワフルな気持ちがいるのです。**批判をされ続ければ、せっかくのやる気もしぼんでしまいます。厳しい批判にさらされている人が、成果を出したとしても、それは批判のおかげではないのです。「疑いとしての批判」は、人の集中力を途切れさせ、学ぶことを邪魔します。人間は、スキルを磨くことよりも、間違いを犯すことを恐れるからです。

カウアイ島でわたしの講座に参加した女性の例があります。講座を受ける前、彼女は、テニスのインストラクターから、プレーの失敗についてくどくど言われることに耐えていました。でも、講座で学んだあと、彼女は、**「自分がうまくできたときは、褒めてほしい」**とインストラクターに率直に伝えたのです。驚いたインストラクターは、最初は、ぎこちなく褒めていました。そうしているうちに、その女性は、めきめきとテニスの腕を上げ、ついに、**インストラクターは、ほとんど全ての批判をやめ、彼女の長所ばかりを称賛するようになりました。**彼女は、そのインストラクターがそれまで教えた誰よりも速く、テニスを習得したのでした。

「自信」は、当然、疑いや自己不信によっても消えてしまいます。わたしは、アーノルド・シュワルツェネッガー「アメリカ合衆国のボディビルダー・映画俳優・政治家・実業家」がボディビル大会の重量上げのタイトルをとるために戦っていたときに言ったことを覚えています。**「競技中は、ほんの少しのマイナスの考えでさえ、決して頭に浮かべてはいけない」**というような趣旨でした。**たとえほんの少しの疑いを持っただけでも、競争力が損なわれてしまうのだそうです。**

疑いにも、プラスの面はあります。何が良いのか、有益なのか、価値があるのかを見分ける優れた判断力を養ってくれるでしょう。**でも、人が「批判的に分析する」ことのほとんどは、ただのマイナスの強化にしかすぎません。**この世にあるすべての可能性を疑ってかかるのは、とても健全とは言えません。

④ Stress ストレス――身体的、情緒的、精神的なストレスによる緊張

「ストレスが、健康問題、社会問題、学習上の問題に影響している」という考え方は、身近になりました。人間にとって、完全にストレスのない状態は死んでいるときだけですから、ここでは特に「いきすぎた緊張」について話します。人間が生活し、成長するのに、ある程度のストレスは必要ですが、それが多すぎると、悪影響があります。

起こった出来事やまわりの状況に必要以上に抵抗すると、**「いきすぎたストレス」「いきすぎた緊張」が生まれます。**「ほかの誰かのせい」「状況のせい」「環境のせい」と考える人はたくさんいますが、**ほんとうは、すべてのストレスは自分自身から生まれます。**自分以外の人や出来事は、わたしたちが対応しなければならない「状況」をつくるだけです。**わたしたちのストレスが生じるのは、自分自身がその状況に抵抗するときだけなのです。**

もし、誰かがわたしに怒ったとしても、わたしが気にしなければ、ストレスを感じないでしょう。でも、わたしが動揺し、相手の怒りに過剰に反応すれば、身体的・精神的・情緒的にダメージを受けます。あなたの内面の反応から生まれるストレスは、度を超すと、緊張を起こし、成功のための効果を下げてしまうのです。

『成功の公式』の検証結果

数学の世界と同じように、わたしもこの『成功の公式』をいろいろな角度から検証し続けてきました。「やる気・自信・集中力が高まり、抵抗が減ると、効果が高まる」ということは、すでにお話ししましたね。

逆に、「効果が高まると、やる気・自信・集中力が高まり、抵抗が弱まる」のも事実です。つまり、**成功をもたらすものを増やして、成功を邪魔するものを減らせばいいのです。**やる気が高まると、自信と集中力も高まります。自信が大きくなると、やる気と集中力も大きくなります。集中力が高まると、やる気と自信も高まります。その間、抵抗の要因であるFUDSはどうなるのでしょう? そうです、弱まっていくのです。これが、成功の秘訣です!

わたしが最強の成功の公式とその要素を十二分に説明するのに、たくさんの言葉が必要でした。**あなたがそれを読んで理解したなら、あとは、実践するのみです。その公式や法則をパソコンで打って印刷するか、名刺の裏や小さな紙に書いて、いつも目のつく場所に置いておきましょう。**あなたの意識を持続し、練習を続ける助けとなるでしょう。

本書を通じて、あなたは、成功の極意を授かりました。もうおわかりと思いますが、フナは、単なる法則・スキル・知恵にとどまらず、わたしたちが今、生きている世界を深く理解し、現実に成功するための「実践法」なのです。**あなたがフナの『七つの法則』を受け容れると決め、本書のフナのプログラムをほんとうに実践すれば、あなたの外見は一変し、あなたの心は愛と力に満ち、あなたの人生は喜びと調和に溢《あふ》れた冒険となるでしょう。**

あなたは、フナが自分に与えるものの大きさに、きっと驚くことになります。

さて、まさにフナの根幹にあるアロハ（愛）の精神で人生を生きた人物のことばで、わたしの話を終えましょう。彼は、ハワイ人ではなく、この島をこよなく愛し、その生涯でいく度となく訪れました。

「おれは、いつも、ちょうどいいときに、ちょうどいい場所にいるのさ。だって、そこへ舵をとったのは、ほかでもないおれ自身だからね」——ボブ・ホープ（コメディアン・俳優）

サージ・カヒリ・キング博士 Serge Kahili King, PhD

心理学、異文化研究、国際経済学を学ぶ。講演活動、教育活動を行うと同時に、より良い世の中をつくることに貢献する世界的非営利団体『アロハ・インターナショナル』を設立。ネイティブ・ハワイアンの家族と正式に養子縁組をし、ハワイアン・シャーマニズムの訓練を積む。ハワイの家族から受け継いだ教育と価値観を探求することにその人生のほとんどを捧げてきた。

阿蘇品友里 あそしな ゆり

1984年東京生まれ。英国ヨーク大学社会学部卒業後、ロンドン大学教育研究所（Institute of Education）にて修士課程・幼年時代と子どもの権利の社会学を学ぶ。フリーランス英会話講師業と並行して翻訳・編集に携わる。『「週四時間」だけ働く。』（青志社刊）を翻訳構成、『天国は、ほんとうにある』（青志社刊）を翻訳。

ブックデザイン：塚田男女雄（ツカダデザイン）
装画：水島尚美
本文イラスト：久保木侑里

フナ　今すぐ成功するハワイの実践プログラム

発行日　2016年4月15日　第1刷発行

著　者　サージ・カヒリ・キング博士
訳　者　阿蘇品友里
編集人
発行人　阿蘇品蔵
発行所　株式会社青志社
〒107-0052 東京都港区赤坂6-2-14 レオ赤坂ビル4F
（編集・営業）Tel：03-5574-8511　Fax：03-5574-8512
http://www.seishisha.co.jp/

印　刷
製　本　株式会社ダイトー

ISBN 978-4-86590-023-1 C0098